桃花幻境，隔世人生

五柳先生陶渊明诗话

姜海燕◎著

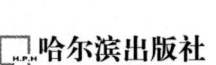
哈尔滨出版社
HARBIN PUBLISHING HOUSE

桃花幻境，隔世人生：五柳先生陶渊明诗话

序　乱世闲客

　　遥遥千古往事，今人追思悠悠，看古今风云易转，多少千秋事，写尽繁华与颓唐。

　　古有一隐客，东篱下把酒，隐于乱世，看尽繁华。

　　他又在山水田园间，寻得一个宁静桃花源，铸一片精神乐土，乐活千秋后世人。

　　他是陶潜，乱世闲客，千古游仙。

　　陶渊明，又名潜，字元亮，私谥靖节，别号五柳先生。生于晋哀帝兴宁三年（公元365年），卒于宋文帝元嘉四年（公元427年），浔阳柴桑人。生逢乱世，经尽悲苦，铸成奇才。

　　有人说：愤怒出诗人，痛苦出哲学家。只有在得失、成败、荣辱与幸运之中惊喜、向往、痛苦、迷惑，在心理的不平衡中追求和谐，又从和谐中产生新的裂变，这才有了美到极致的情感和心绪，有了深到极致的哲理认识。

　　陶渊明，正是在乱世中饱受了痛苦和愤怒凝华成的一颗明珠。虽未金戈铁马征战沙场，却用一种低调和宁静闪耀着温润的华光，照耀千秋后世人，乃是天降奇才。

"奇才"只是一种美誉,一种赞叹,归根结底是由于后天的不平凡的经历,不同于一般人的主观追求与客观历练。冰火双重淬炼,铸就独一无二光华,饱满温润地映着东晋王朝。

东晋历史烟云滚滚,史上一个大分裂、大混乱的时期,矛盾重重、危机四伏、战争频仍、祸乱不已,一个个文人政客在这一盘历史的棋局里生杀予夺,缔造了一个风雨飘摇的时代。然而,陶公却在这乱世中处之泰然,潇洒风流地做了一段历史中的闲客。

东晋偏处一隅,时受进犯,统治集团内部却并不励精图治,团结御侮,更不思收复失地,而是沉湎于江南鱼米之乡的安乐而不能自拔。

少年时的陶渊明,虽然也曾经"猛志逸四海",也曾经"抚剑独行游",陶渊明一度在桓玄手下为吏,后又入刘裕幕府中任镇军参军,亲睹了一帮野心家争权夺利、犯上作乱的一幕幕。一次次的努力和投入,换回一次次的失望和深痛。外患内乱,使他厌倦。睁开双眼,看到的尽是灰暗残酷的世界,除了失望,还是失望。他容不得那脏污染了心,他只想归到山林田园里体会最简单的苦乐。

历时十二年、波及南方大部分地区的孙恩、卢循大起义,义军与官军的长期战争,给百姓带来更大的灾难。陶渊明的故乡江州浔阳,为兵家必争之地,连遭战火,苦难丛生。他没有痛苦地嘶喊,但痛苦却深深地烙在了他的心上。

苦难的种子深深地扎根在心底,开出一串串凄艳的精灵花,那是他的悲观、他避世的情绪,还有他理想的桃花源。

无可奈何，无力回天，倒不如放空自己，看那苍云白日，放浪于山水田间。他相信终会有一片净土，让他找到人生真意。至于这嘈杂的历史，就任它起伏流转。

隐逸的诗人，是他的命数。就像他的名字，潜，是远离尘世，即为隐。既是宿命，也有无奈的意味。

归于田园，是历史的抉择。或许，那一段风云滚滚的历史，只为逼退一个奇才隐士，而酿出这千古墨香，来成全后世人吧。

最终做了隐士，但假如他一开始就不入仕途，他的为人为文也就不会有那么奇丽的魅力。苦难里生出的墨花，格外美丽。

欧阳修在《梅圣愈诗集序》中说："予闻世谓诗人少达而多穷……凡士之蕴其所有，而不得施于世者，多喜自放于山巅水涯，外见虫鱼草木风云鸟兽之状类，往往探其奇怪；内有忧思感愤之郁积，其兴于怨刺，以道羁臣寡妇之所叹，而写人情之难言，盖愈穷则愈工。然则非诗之能穷人，殆穷者而后工也。"这话不仅适用于梅尧臣，也适用于古往今来许多才志不得施展，心中有所郁积的诗人，陶渊明正如此。

报国无门，立功无望，苦苦求索，却穷途末路，悲守寒庐，这才以诗文为寄，倾情田园，以恬淡解忧愤，化平凡为真趣。

他渴望自由，希望完全拥有自我而不受任何外在力量的掣肘，他作诗、赏菊、弹琴、饮酒，风流儒雅，这一切，全凭着自己的性情。他强大的精神力量足以为自己缔造一个隔世仙境。

　　陶渊明这位兴起于乱世，被乱世所掩盖的奇才怪杰，如今已当之无愧地被认定为建安之后、盛唐以前的最杰出的诗人和散文家，是中国文学史上熠熠生辉的一颗璀璨星斗。

　　后世盛名，他并不在意。他手把一壶清酒，一份闲悠，自在东篱一隅，看历史欢愁。

目录

目录

目录

第一章

误落尘网：乱世出奇才

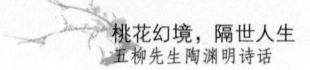
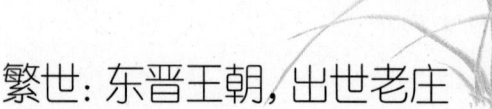

繁世：东晋王朝，出世老庄

先生不知何许人也，亦不详其姓字，宅边有五柳树，因以为号焉。闲静少言，不慕荣利。好读书，不求甚解；每有会意，便欣然忘食。性嗜酒，家贫，不能常得。亲旧知其如此，或置酒而招之；造饮辄尽，期在必醉。既醉而退，曾不吝情去留。环堵萧然，不蔽风日；短褐穿结，箪瓢屡空，晏如也。常著文章自娱，颇示己志。忘怀得失，以此自终。

赞曰：黔娄之妻有言："不戚戚于贫贱，不汲汲于富贵。"其言兹若人之俦乎？衔觞赋诗，以乐其志。无怀氏之民欤？葛天氏之民欤？

——陶渊明《五柳先生传》

穿过时光隧道，走进遥遥东晋王朝，抛却刀光剑影，越过车马喧嚣。我们走近时光深处一座幽深宅院。

篱笆墙，草木深，一位先生正踱步在院落之间，他，正是这院落的主人。

院落里五柳错落，柳色轻轻如烟，犹如他眉间的轻愁。先生不知何许人也，故以五柳为号，随着这四季沧桑轮转，看尽生命万象。他时而极目远眺长空，时而目光幽幽穿过东篱。在幽静的时光里，悠悠地思索。

他沉静如水，亦是嗜酒如命的浪人，在现世贫苦中衔觞赋诗，享受精

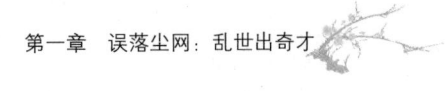

神快意与安乐。他将灵魂放逐，飘摇在天地之间，穿越上古，同老庄临渊垂钓。

他骨子里流淌着自然的血液。归去来兮，是他一生难逃的宿命。在看过了人生的潮起潮落后，他却未随波逐流，而是随心而走，行走在一片自由的隔世幻境，在东篱旁，看菊花一年年凋落绽放，在时光深处，盛放永恒的灿烂。

那幻境，是虚，在浮尘乱世里难寻；那幻境，亦真，坚固地矗立在他的心中。他行走穿梭在虚妄与真实之间，寻到一个完美的平衡。

他言道"先生不知何许人也"，而其实，先生并非无名，他是著名的田园诗人，陶渊明，又名潜，字元亮，私谥靖节。他以五柳为别号，只是想淡忘这俗世的身份，以及与这身份关联的王朝、百姓、血雨腥风和过往种种。

远离尘世，似这门前五棵垂柳一般，静默地生长，随着四季更替衰荣。这是一种淡泊高远的人生境界。

先生生于晋哀帝兴宁三年（公元３６５年），卒于宋文帝元嘉四年（公元４２７年），浔阳柴桑（今江西九江）人。他既是中国文学史上地位崇高的大诗人和大散文家，又是歧见最多的作家之一。人生功过，都留与后人评说。今生，他只要固执地做自己。

人生时常会上演无厘头的戏剧。有些人，想爱不能爱；有些情，想忘却不能忘。陶渊明一心想要忘却的名字，却被烙刻在历史中，世世代代地被传颂。他做了现世的隐者，却被后世人深深地记得。

他五度出仕而后坚隐，在那个纷乱的时代里，他卸下官名利禄的行囊，走进山林旷野里，放逐灵魂自由远行。

他的诗文冲淡清雅、天然纯真而又偶现豪壮之气，他长期地沉默，却在之后被奉为一代宗师。

多年来，陶渊明这个文学奇才，连同那幽隐在桃花源深处的草庐，对中国文学和中国文化产生了深刻的影响。他成了世事之外的一尊仙，他的诗文里，始终流淌着潺潺流水，飘荡着袅袅花香，如织的茵茵绿草……

他在乱世里独辟蹊径，是不折不扣的天才。然而，所谓"天才"是一种美誉，一种叹羡，亦是一种为人所不知的经历。灵感在人生成败得失的裂缝中乍现，在每一次痛苦的煎熬中升华，他尝尽生命苦难，他体会着灵魂的折磨，他在痛的洗礼中，绽放奇美的生命。

三国两晋南北朝的风起云涌，徐徐掠过他的眼底。田园的光阴在他指缝流淌，他伸出手去，想抓住一点儿什么，却只有虚无的空间感传回他的体内，他看到了一个不断丧失，又在不断获得的自己。然而得失之间，心中忽而会有一片迷惘。

他在宁静的时光里，反反复复地思考着无数个今世今生。过去，看不透，未来，看不懂。人生是一个谜象，他始终都在追寻，从未放弃。

晋孝武帝太元十六年，陶渊明已经二十七岁，家道衰落多年。他见证过家族兴旺的盛世繁华，也体会过家道中落的颓唐。

一个家族，亦是一个时代的缩影。没落的东晋王朝，尽是一片冷寂的荒凉，整个社会充斥着一种衰颓的气息，人们渴望找到灵魂的慰藉，渴望寻找失落的繁华。于是盲目地游走在各种意识潮流间，却始终难以寻觅自己内心深处真正的呼声。

凡尘万象，纷纷纭纭地演绎着各种故事，他独自坐在草庐一隅，静静地看着，他望着世间众生相，他看着一股股思潮在眼际划过，却始终不愿跟从，他心底始终有一个声音，告诉他：你只属于自己。

人生似浮云，飘拂来去，是一种宿命。然而，宿命是从何时开始的，未来又是归何处，亦无人知晓。

从根源追溯起来，陶渊明的曾祖陶侃是东晋的开国重臣，官至大司马。当年能从底层社会跻身上流社会，衣锦荣华，光宗耀祖，实属不易。

祖父当过太守，父亲虽然早死，毕竟也做过官的。唯独陶渊明，彻底没落了，一生命运漫漶，仕途坎坷。他的理想蓝图，都淹没在这风雨飘摇的乱世里，成了泡影。当他深陷在魔咒似的命运的泥淖中时，归去来兮，是无奈的抉择和归处。

他的人生，代表着一个家族的衰落。所有曾经的辉煌，都在衬托着他的不如意。他下定了决心，要淡忘这一切，抛却这一切。

他不想说出自己是谁，还有那荣光的先辈，尤其是他的曾祖父陶侃。所以他提笔写下了两个连续的"不"字——"先生不知何许人也，亦不详其姓字"——掷地有声地抛开他心痛的凡尘。世事让他饱尝了失望，他唯有固执地拒绝。

一个人来到这世上，被冠以名字，就带有某种枷锁。这枷锁，即是一种虚名。一个人只有挣脱了"名"，才有可能避免借助外物的尴尬命运，进入自由自在的境界。

陶渊明认清了这一点，无名无姓，才能放得下"名利"二字。如此特立的高趣呼之欲出：闲静少言，不慕荣利。他心中一片宁静安然。因此，他敢于对尘土飞扬、虚伪喧嚣的世俗说"不"。当一个人习惯开始说"不"的时候，就难免有些激愤。

一向淡泊的陶渊明心中也是激愤的，只是他将满腔的愤怒和忧伤都隐藏在骨子里，平淡的诗文里弥散的是远离尘世的雅兴。他无意中写下的这篇小传，更将他的幽默、豁达和平淡推向一种极致。

陶渊明是个博学的人，却不想把读书仅仅作为仕途的工具。读书写作，只是自娱自乐。好读书，不求甚解；每有会意，便欣然忘食。如此简单的快乐，却是他的专属的幸福。

对于陶渊明来说，还有一种自由和幸福，就是饮酒。他是一个自由的酒徒，他说：性嗜酒，家贫，不能常得。亲旧知其如此，或置酒而招之；造饮辄尽，期在必醉。既醉而退，曾不吝情去留。

酒醉，对于先生来说，是一种自我的放逐。他心中没有欲望和牵挂，他可以任性而为，抛弃俗世喧嚣。

许多年，陶渊明过着贫穷的日子。陋室年久失修，满目凄凉，四壁萧然。他的衣衫缀满了灰旧的补丁。他的生活十分贫困，唯有文章可以"自娱"，可以"忘怀得失"。他就如此这般地物我两忘，一直活到人生的终点，

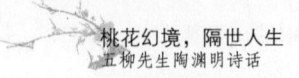

那般随性、放浪。

陶渊明既有恬淡自如的一面，也有解不开的人生纠结。物我两忘的乐趣，恐怕只有从诗酒江湖里才能得到。

在酒的麻醉下，他把自己想象成了一个"无怀氏"和"葛天氏"时期的人。这两个人，都是上古的君主。他愿到远古中去，回到小国寡民状态，过着无忧无虑的生活。然而，他的人生还要经历跌宕。他将在公元三九三年进入仕途，开始长达十三年的、断断续续的官场生涯。

起初，家族里的人都觉得陶渊明这满腹的才华该有所作为，而人们所谓的作为，也就是仕途，陶渊明十分坦然地接受了这个建议。有些事情，他早就预料到了。这个时候，他的另一段人生即将正式开始。他无法拒绝这个开始。

陶渊明一度在桓玄手下为吏，后又入刘裕幕府中任镇军参军，亲睹了一帮野心家争权夺利、犯上作乱的一幕幕，其心中为那种不齿而无奈，渴盼远离尘嚣的情绪可想而知。

陶渊明在数次入仕过程中认识到他的个人理想和社会理想在这个动荡不堪的时代是无法实现的。所以他才最后下决心归田。这既是一种消极退避，也确实是无可奈何，是无力回天的情形下作出的明智抉择。孔子知其不可为而为之，但孔子那时还是能够有所为的，而陶渊明非退避不得免祸消灾，非隐居不能独善。

从公元三九三年入仕，直到公元四〇五年辞官归隐，他远离山水之间的田园生活。他必须得经历这一遭苦难路途，才能彻底地认清世间虚妄与繁华。

其身，以其才，以其情，以其时，他实在是除了吟诗作赋，再也不能别有所为了。历代文人的个人理想和社会理想，都要首先考虑通过仕途来实现。

子曰："学而优则仕。"当官并不是什么可耻的事，问题是看做什么样的官，是为人民呼喊，还是只知溜须拍马。文人笔下厌官憎宦之声颇切，这只是因为官场黑暗，或者是才违其时，求官不得，及为官而不得尽其心志。

东晋一代，在选官制度上，是沿用曹魏时期的"九品中正制"，名义上是将人按才能、德行分为上上、上中、上下、中上、中中、中下、下上、下中、下下九品，按品级授官，实际上只看士人祖籍，以维护统治阶级的地位。德行才华，只不过是一个冠冕堂皇的说法。

腐朽落后的官僚制度堵塞了一切才华之士进取的机会，诸多有识之士怀有满腔的政治抱负，却难得机会施展，这也就是陶渊明所面临的残酷现实。一身才华与抱负，都被消磨在这残酷肮脏的现实中。

欧阳修在《梅圣愈诗集序》中说："予闻世谓诗人少达而多穷……凡士之蕴其所有，而不得施于世者，多喜自放于山巅水涯，外见虫鱼草木风云鸟兽之状类，往往探其奇怪；内有忧思感愤之郁积，其兴于怨刺，以道羁臣寡妇之所叹，而写人情之难言，盖愈穷则愈工。然则非诗之能穷人，殆穷者而后工也。"这话不仅适用于梅尧臣，也适用于古往今来许多才志不得施展，心中有所郁积的诗人。

陶渊明正是因为报国无门，立功无望，在上下求索中陷入穷途末路，悲守寒庐，这才以诗文为寄托，忘情于田园，以恬淡解忧愤，化平凡为真趣，而成一代宗师，流传后世。

微光烛火照着他未来人生的路途。他的命运，终将从波澜壮阔的时代背景下隐去，归于淳朴的田园之中。总有一天，他终将归来。抛那万水千山在身后，抛那浮生沧桑在红尘。今天，陶渊明这位兴起于乱世，被乱世所掩盖的奇才怪杰，将重新熠熠生辉。

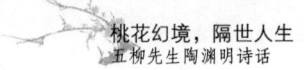
前路: 静念园林好，人间良可辞

其一

行行循归路，计日望旧居。

一欣侍温颜，再喜见友于。

鼓棹路崎曲，指景限西隅。

江山岂不险，归子念前涂。

凯风负我心，戢枻守穷湖。

高莽眇无界，夏木独森疏。

谁言客舟远，近瞻百里余。

延目识南岭，空叹将焉如！

其二

自古叹行役，我今始知之！

山川一何旷，巽坎难与期。

崩浪聒天响，长风无息时。

久游恋所生，如何淹在兹。

静念园林好，人间良可辞。

当年讵有几，纵心复何疑！

——陶渊明《庚子岁五月中从都还阻风于规林二首》

人生的每一个第一次，都充满恐惧与渴盼，每一个第一次总是值得缅怀纪念，不管他是欢欣还是伤悲。

陶渊明将在岁月的荏苒穿梭中迎接一个崭新人生。

陶家所在的村庄是上京里，一个古朴宁静的村庄，青山环抱，绿水相合，云烟过处，是他最美的家园，亦是他心底永远的依恋。陶渊明为自家的房舍庭院取名为"园田居"，这是一个淡雅闲逸的名字，园田居也见证了他一生起伏的命运。

田园如诗如画，却不是他唯一的舞台，将有一段新的故事，从那个烂漫的春天开始。

一个绚烂的初春，暖风融融，撩拨得人们心中一片惬意和舒适，花儿无忧地露着笑，笑这弱冠少年在风中自在逍遥。

陶渊明正在田中耕种，挥洒汗水，播下希望，那对于他是件简单快乐的事。快乐总是使人忘记时光。转眼间，艳艳红日当头照，一位老农来叫他吃饭。

陶渊明直起身子，捶了捶腰，抬头看了看太阳，灿艳刺眼。汗水顺着脖颈往下流淌。他轻轻松了一口气，心中一片畅然。这种平静的踏实的感觉，是此时他心中最大的幸福。

陶渊明踏着泥土的小路，向家里走去，浸润着泥土的芬芳，格外放松，他知道，母亲已经在家里热好了饭菜，盼着他归来。

一进家门发现叔父陶夔来了，他的心中微微一颤。

陶渊明的父亲死后，陶夔一直接济着兄长撇下的孤儿寡母，时不时登门，送些柴米油盐，捎带也数落陶渊明几句，重复太多，便成了思维里改不掉的习惯。

这一次，一如往常，陶夔一开口先谈国家大事。一朝朝风云变幻，历史的舞台总是那样热闹，十年间已经更换了三四位皇帝。这帝王更替的背后，少不了刀光剑影的政治故事。尔虞我诈，血雨腥风，这种耳闻，对于陶渊明已经不足为奇了。陶夔说了一会儿，就把话题转移到了陶渊明身上。

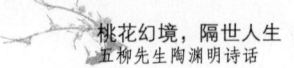

陶夔的意思表达得很清楚，陶家从祖辈开始，连着几代的男人个个都为官做宰，他们的血液里流淌着荣华的使命，并且，这个家族里，没有一个人是老死田园的。陶渊明作为陶氏子孙，现在已经成年，应该有自己的事业，该要承担陶氏一族的光荣的家族使命了。

陶夔现在是桓温的参军，生活还算宽裕，总希望能帮陶渊明找一条做官的门路，算是对得起死去的哥哥，也对得起陶家的祖宗。

陶夔建议陶渊明到京城去见见世面，长长见识。在皇城里走一遭，沾一沾帝王的荣光，哪怕一无所成，也算是不白来一遭。

陶渊明沉吟半晌，心中翻滚千思万绪，最后还是决定上路了。虽然他看不清前方的未来，但他清楚地知道，是时候该上路了。那些心中涌动过的梦，也该去试一试了。于是，他下定决心，走进这纷纭的乱世里，追一遭红尘梦。

尘世风云变幻，汇聚着一段段恢弘的历史故事。西晋末年，各地割据势力互相攻战自顾不暇，李雄趁机在巴山蜀水建立大成国，比较安稳地过了三十多年。然而，李雄的命数已尽，他一死，他的几个儿子为争夺帝位上演人性与权力厮杀的悲剧。江山被分割撕裂，此后，国势如西山落日，一落千丈。安宁祥和的太平日子一去不复返。

恶态愈演愈烈，接着又出了李期、李寿两个暴君，杀人如麻，大兴土木。李势继位后也是杀戮忠臣，贪财好色，再加上饥荒连年，政权已经摇摇欲坠，但李势自恃蜀道艰险，不修战备，只在歌舞升平里，浑然地度过每一个朝夕。

乱世、昏君，给百姓带来无尽的灾难，江山破碎，是百姓精神里一道难以愈合的裂伤。在那一段历史光阴里，越来越多的人意识到，盛世年华只是一个遥不可及的梦境。

想当初别驾从事史郭若虚来到陶渊明家，告诉他刺史王凝之要征聘他为别驾祭酒，问他愿不愿意赴任，陶渊明还犹豫过。早在之前，他就听说这位刺史在官府里设置道室，装神弄鬼，不是励精图治之人，他担心以自己

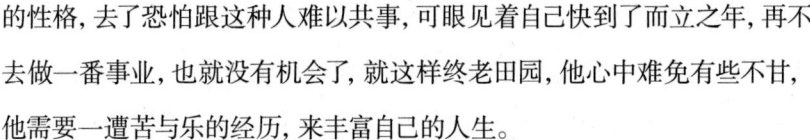

的性格，去了恐怕跟这种人难以共事，可眼见着自己快到了而立之年，再不去做一番事业，也就没有机会了，就这样终老田园，他心中难免有些不甘，他需要一遭苦与乐的经历，来丰富自己的人生。

他想，这次机会错过，也许就没有下次了。自幼饱读经书，知道圣人所说忠君报国大济苍生的道理，北方为胡人所乱，已经五十余年，北伐大业未举，国家正是用人之际，身为长沙公陶侃的后代，怎能袖手旁观？一种神圣的使命感萦绕心中。

母亲让他给叔父陶夔写信，征求他的意见。陶渊明走入仕途，一直是陶夔盼望的，所以，他回信建议陶渊明抓住眼前这个进入仕途的机会，拿一份国家的俸禄，让老母娇妻过上安定富足的生活。种种因缘际会，陶渊明只好走马上任了。

公元三九三年，二十九岁的陶渊明初入仕途。那是未知的开端，带着憧憬和寄念，也带着犹疑和恐惧，他走进了官场，一个未知世界。

陶渊明的第一个官是江州祭酒，这个江州祭酒的"祭"，就是祭祀。祭祀，与亡灵有关，是生者对亡灵礼拜。这样的官职，充满了神圣和敬畏，冥冥中透出一种哀伤，像是一种宿命的昭示。这是一个深沉的开始，他的整个官路都灰暗而忧伤。

官府举行的各种典礼和祭祀活动都由祭酒主持。刚做官，就担任州祭酒，职位已是不低。陶渊明这一支陶侃的后人尽管没落，也多多少少能受到些先人的荫庇。对于陶渊明来说，这值得庆幸，却又带着辛酸。这官、这名、这利，都不能让他感到快乐。身负荣华，而他的心却更加寂寞。

陶渊明这个祭酒的官并不好做，他所管理的事务都很杂乱，都是扯不断理还乱的麻烦事。

户口田赋，当时的赋税是按人头收的，桓温三次北伐，连年征战，江州人口锐减，赋税也就比以前少了好多，而豪强地主为了逃避赋税，都将新增的人口隐瞒不报，长此下去，国库就越来越空虚了。国库空乏，自然官员的日子就不好过。

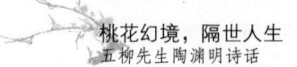

陶渊明带着人下去查户口，那些豪门望族根本就不把小小祭酒放在眼里，多次碰壁，却不见成效，户口就根本查不清楚。这样的状况，反复之下，陶渊明励精图治的热情自然而然地淡下来。

关于这段经历，史书上记载："亲老家贫，起为州祭酒，不堪吏职，少日，自解归。"

那是一段短促的流光，对于陶渊明来说，最大的意义就是纪念和回忆。他第一次，想要远离。

他和庄子一样，一心想要远离世俗。却不曾料想，世俗是一张网，每个人的生命中总有那么一部分牵绊在网中。身之所在，并非他的心之所向，肉身牵着灵魂，他心中翻腾起撕裂的痛。那种痛楚，是灵魂的生长痛。

在门阀制度森严的魏晋，从某种意义上来说陶渊明还是被视为庶族出身，难免受人轻视，遭到排挤。加上他对世事寄予了自己的政治理想，而在这样的乱世里便不免会大失所望。官场黑暗，人事错综复杂，离开是情理之中。他渴望自由，渴望那一重重山高水远，渴望那一条条清溪细流。

解职后，史书上说他"州召主簿，不就。躬耕自资，遂抱羸疾"。州里让他做主簿，他不做。于是闲居在浔阳柴桑的上京里，亲自下田耕地，他宁可承受年复一年耕种的劳苦，也不愿让自己的灵魂去蹚那官场尘世一身污浊。

生命并非注定的方程式，而是自由选择的命题。光荣背后的隐痛，静谧深处的伤感。每一种选择都会有必然要承受的丧失。

幸福感，是在得与失之间的一个平衡点。陶渊明的痛楚在于，他在仕途这条路上，始终没有找到那个可以平衡的幸福点。在得失之间，他的心，难免抑郁慌乱。

公元三九四年，陶渊明三十岁。正值而立之年的他开始了深刻思索。

一朝朝光阴轮转，究竟得到了什么？他反复思考，却不自知，但他却清楚地看着自己在失去。此年，他的原配去世，他为妻子料理后事，伤心过后，唯有继续生活，他没有地老天荒的爱情，孤独是诗人难逃的宿命。

到了三九七年，晋安帝隆安元年，朝内司马道子、司马元显父子相继专权，朝外有桓玄、刘牢之等割据天下。政权被多方势力撕扯争抢，乱世纷纭，乱了人心。

七月，兖州刺史王恭等人起兵讨伐王国宝，反对会稽王司马道子擅权。东晋由此大乱，民不聊生，遍地疾苦。灾难的烟火弥漫在整个东晋王朝的上空。而在这个朝代里演绎的故事，注定会染上这个时代的伤感。

三九九年，孙恩起义，迅速占领了京师建康（今南京）以南。桓温的儿子桓玄要平定孙恩的叛乱，一时众望所归。

外界一片混乱，陶渊明却在乱世里独闲，整整六载生命轮回。一个朝代被撕成了几块。而他依然是他，一个超然世事的完整灵魂。

他静静地迎接着每一个日出日落。他享受这种田园的快乐，本以为，这就是他此生的命运，可他清楚地看到内心深处隐隐的不甘。他与这仕途的荣光，真的就是此生无缘？

命运之神似乎是聆听到了他的心声，夙愿很快得以实现。不知何人推荐，他到了江陵桓玄的门下，成为他手下的一名官吏。是命运也好，是错误也罢。总之，机会既然来了，他还是要试一试。

十一月，孙恩攻陷会稽。十二月，桓玄杀掉荆州刺史殷仲堪，成为荆、江两州的刺史，权势瞬时炙手可热。

公元四〇〇年五月，陶渊明出使京都。在返回的路上写下这首诗。归途中风人浪急，他的舟船受阻不前，被迫停在规林，他打算顺道回家探亲。途中触景生情，题诗《庚子岁五月中从都还阻风于规林二首》。

美丽宁静的诗文里，藏着他滔滔的心事。

他不得不停了下来，此时的江湖，远离权力的中心。夏日的草木繁密茂盛，他的内心疲倦凄凉。他的诗文，将会与后人产生极大的认同感。前所未有，后无可及。

他乘一条小船回家，在心中算着里程，数着日子，斜阳在西山外落下，

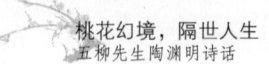

小船在晚霞间上溯。不管前方的道路多么崎岖，也按捺不住他归乡的心。他一心念着园林的好，他想抛却一切，回到他渴望的清风明月的田园里。

"江山岂不险，归子念前涂。"人心往往拗不过天意，归心似箭，却被重重阻隔。"凯风负我心，戕枻守穷湖。"一阵狂风山水乱，小船只好躲进偏僻的湖畔。波涛在湖心翻滚，草浪穿过稀疏的乔木，消散在苍茫的远方。远方庐山隐隐在望，他望着庐山只能一声长叹。前路阻断，人生惘然。

"自古叹行役，我今始知之！山川一何旷，巽坎难与期。崩浪聒天响，长风无息时。"经过了一重重山水后，他不禁感慨万分，长途的奔波是许多人都难以忍受的艰苦。天地山川宽广辽阔超出了思想的疆界，风云变幻，滔天巨浪天崩地裂般地悲号，长风更是用力狂吼。

"久游恋所生，如何淹在兹。"他一心牵挂母亲慈祥温暖的容颜，他本该顺从心的向往，陪在母亲的身边，可此时此刻，却为何滞留在这片风波不定的江湖里？这是他深刻的内心追问，亦是他痛苦的自省。

"静念园林好，人间良可辞。当年讵有几，纵心复何疑！"一心向往田园悠闲的耕作，为何流落在这个纷纷扰扰的俗世？他陷入了迷茫的回忆。

繁华的京城，镀着巍峨的光。当陶渊明跨进了京城门槛时，他的心中却产生了强烈的自卑感，初涉世事，他难免不去在意那些京城人的眼光，而越是在意，就越会受到更大的伤害。他在别人的眼光倒影中看到了一个渺小的自己。他的心，正在承受一次又一次的伤害。

刚到京城时，陶渊明便遇见了一件大事，正好赶上庾亮的侄子庾柔和庾倩被桓温诬陷谋反，满门抄斩。

去法场的道路上挤满了围观者，这是一场热热闹闹的赴死之礼，喧闹而悲伤。陶渊明也在看热闹的人群之中。

关乎生命的，都该算得上是大事。而当时，在陶渊明眼前所见的，是他两家老老少少几百口人向法场走去，有的妇女怀里还抱着婴儿。

襁褓中婴儿有什么罪？竟然也要被处死。他悄然地来到这世界上，还

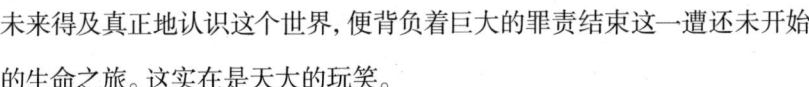

未来得及真正地认识这个世界，便背负着巨大的罪责结束这一遭还未开始的生命之旅。这实在是天大的玩笑。

绳索把这些人绑缚连在一起，长长的一路人，由士兵在两边督促着向法场走去。眼前的路已经快要尽了。生命最后一段路，每一步都格外沉重。有的人号啕大哭，有的人低声饮泣，更多的人面无表情，迷茫地往前走。也许，对于他们来说，活在这污浊的世界里倒不如干净利落地死去来得痛快。

陶渊明深深地叹息一声，只觉得，世事红尘，太沉重。他忽然有那么一阵迷茫，他这一遭闯荡，究竟幸还是不幸？

陶渊明又忽然想起，听别人说过，海西公的三个儿子，因为是私生子，都被吊到皇宫外御道旁的树上，用马鞭勒死了。这事情是真是假？他在心中画了一个问号。陶渊明也去看了看，三具尸体仍然吊在树枝上迎风飘动，散发出阵阵恶心的臭味。

他被一种巨大的悲哀和死亡的气息围俘，有种几欲窒息的感觉。

又听说新皇帝登基时，桓温居然将他的士兵带入宫内，在皇宫里擂起战鼓，吹响号角。那鼓声震天，路过的百姓都被吓得远远的。

繁华的京城，似乎每一件事都不平凡，死亡、人性、斗争……

这就是陶渊明对京城最初的印象，被死亡与奢靡笼罩的一座城，这就是官场，一个残忍的沙场。

这里当真是自己该来的地方吗？

陶渊明越来越发现自己与这个地方格格不入。

门第，是一道高墙，将陶渊明远远地与京城隔开，这是他不曾料想的。当初刚到建康的时候，别人问起他的来历，他总忘不了说自己是长沙公陶侃的曾孙，原以为会被另眼相待，没想到反而遭遇更多白眼。

陶侃的出身低微，祖籍是现在湖南西部的溪族人，极为荒僻之地。陶侃虽然官至极品，但那些名门世族依然瞧不起他。这就是残酷的现实，他的身上，流淌着陶家的血液。无论他再努力，他始终脱离不了生命的根。

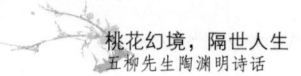

陶渊明在京城，确实开了不少眼界，繁华的极致，是荒淫的奢靡，声色犬马的世界里，尽是腐朽的魂。他如梦初醒地懂得，官场是名门望族的世界，官原来与德才学识无关。

官并非为百姓办事，而是整日里高谈着老庄的玄学，畅论着闲淡世界。那些高雅论调在嘴边溜过后，转身就投进了酒肉盛宴里，醉生梦死，享着人间极乐。在这样一群人中，陶渊明更加孤独了。

酒气熏陶里，陶渊明忽然怀念起家乡的春风。忽而心中染起一阵落寞和伤感。田园里，他虽然孤单，却从不会寂寞，清风白云都是他的伴。双脚站在家乡的土地上，他心中便会有一种踏踏实实的安全感。

寂寞是一个人在一个人的世界里孤闷，而孤独是一个人在一群人的世界里无奈。陶渊明并不寂寞，但是他很孤独，一种无奈的孤独。他是一个有思想、道德高尚，注重生活品质的人，置身于跟随着潮流走的人群中的无奈，这无奈在现实生活中处处碰壁，矛盾重重，而化作内心难以抚平的伤痛，在世俗中找不到医治的良方，在反抗中产生一种不愿随波逐流的情操，一种追求自身价值的信仰。

在追求奇志的道路上，陶渊明是一个独行者。在利欲熏心、尔虞我诈、风云变幻的政治生活中，当所有的人都向权力屈膝，向利欲称奴，向朋辈举刀的时候，他却不愿意委曲自己的心志，不愿意出卖自己的灵魂，不愿意在这污浊的世事中随波逐流。

于是，经过几次艰难的尝试和斗争后，他毅然决然地转身，走向宁静的乡村，走向淳朴的田园，走向他心灵的安身之所，他的生命在这里得到慰藉、沉寂、直至升华。

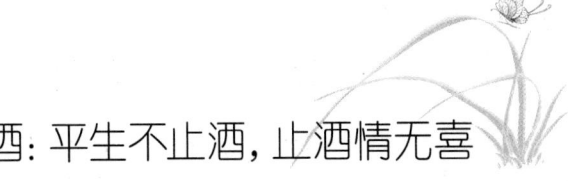

止酒：平生不止酒，止酒情无喜

居止次城邑，逍遥自闲止。

坐止高荫下，步止荜门里。

好味止园葵，大欢止稚子。

平生不止酒，止酒情无喜。

暮止不安寝，晨止不能起。

日日欲止之，营卫止不理。

徒知止不乐，未知止利己。

始觉止为善，今朝真止矣。

从此一止去，将止扶桑涘。

清颜止宿容，奚止千万祀。

——陶渊明《止酒》

小城之外，静雅的田园，那是陶渊明最爱的家园。温暖的阳光轻轻斜照，和煦的风，柔软地吹拂，像是柔情的女子，给人最温暖的呵护。这一边，花儿艳艳，那一处，芳草吐翠……

这是惬意世界，这是人间仙境，亦是他的抉择。什么官场，什么乱世，都在那一缕微风里悄然散去。配上一壶好酒，所有的愁和痛，也就渐渐地浸润着失去了痛感。

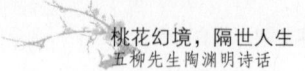
人生，总是会有很多欲罢不能的沦陷。当一种迷恋成长在生命里，便成了生命无可救药的嗜。越是想要拔除，越是弥足深陷。

他是一个乱世闲客，一个不折不扣的酒徒。如今他说"止酒"，想戒掉这酒瘾，倒是让人意外。

戒酒的念头已经在他的心中盘旋多时。在某个美好的日子里，他从酒醉中醒来，看到金色的向日葵耀眼地绽放。他的兴致忽起，于是提笔点墨，挥手写下了这诗篇。空气里飘着墨香，还带着些许未散尽的酒气。

这一首好诗是在酒醉的梦中酿成，诗名曰《止酒》。止酒，只是两个字，但何其容易。他越是说要戒酒，越是难以割舍。如同爱情，越说不要爱，越难以放下。

他在诗中，每一句都有"止"这个字。他知道，他难以把控自己的内心，所以要一字一字，提醒自己。而这世上，总有一些东西，是生长在我们灵魂里戒不掉的毒。酒，是陶渊明灵魂的蛊毒。他的生命，他的诗文，注定了要与那袅袅的酒香缠绕在一起。

"坐止"的止，"行止"的止，是他内心的界限，也是他人生的最高境界。他的生命光华，不在官禄荣华的前方，就在身后烛火通明的温暖的山水田园。

"好味止园葵，大欢止稚子。"时间那么广大，无限的时间里，能做的事情很多。而他最大的快乐是儿子围绕膝下嬉笑玩耍。一件平凡的小事，一个温暖的笑容，就能填满他心中的欢愉。

"平生不止酒，止酒情无喜"一语，说中了他心中对酒难以割舍的感情。酒曾浇熄了他多少烦愁，曾经在他痛苦沉郁的时候温暖他的心。戒酒，是一件多么为难的事情，他将自由的灵魂藏在酒香里。

他"日日欲止之，营卫止不理"，想戒，可是却上了瘾。这样一种复杂的心情在他的心中打成结。他深深地陷在一种进退两难的境地。

他突然痛下决心，"始觉止为善，今朝真止矣"。

他觉得戒酒是好事，所以今天真的就打算不喝了。可戒酒对于陶渊明

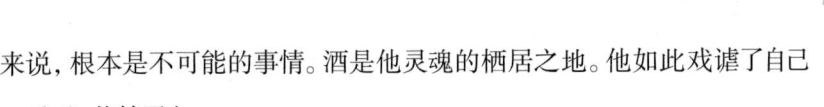

来说，根本是不可能的事情。酒是他灵魂的栖居之地。他如此戏谑了自己一番后，苦笑了之。

左和右都是为难，转念想想，又何必纠结于此自寻烦恼，好好一番景致岂不糟蹋。倒不如喝吧！醉吧！生命就要尽兴，别辜负秀美时光。

那些过去的已成过去，那些未来的还未到来，眼前的美好才是最真，且用这一壶好酒，醉在这一片大好时光里，及时地享受这人间乐事。

其实，陶渊明隐于田园只是形式，隐于酒才是根本。一壶美酒佳酿，能湮灭乱世浮沉。他萧然走进一场隔世好梦。这是他绝望地放弃，也是自由地出走。

他没有戒成酒。他可能少喝，但不可能不喝。若陶公无酒，我们的历史将失去一段段醇香的诗文。

陶渊明知道，酒可能毁伤了他的身体，但慰藉了他的心灵。这让他心中十分复杂。他让三青鸟给西王母带话："在世无所需，惟酒与长年。"可惜，晚来贫困，他经常"在昔无酒饮，今但湛空觞。春醪生浮蚁，何时更能尝"。酒香缠绕在他的灵魂里，已经成了戒不掉的瘾，他像对待挚爱的情人一般，日思，夜念。

一年重阳佳节，陶渊明家中无酒，只能烦躁地徘徊在菊园摘菊撒气。后恰逢江州刺史王弘送酒来了，他随即就喝，喝醉才回去。

陶渊明在生前为自己写的《挽歌》中抱憾："千秋万岁后，谁知荣与辱。但恨在世时，饮酒不得足。"他以"醉人"的眼看尽尘世众生相。

鲁迅在《魏晋风度及文章与药及酒之关系》一文中评论道："据我的意思，即使是从前的人，那诗文完全超于政治的所谓'田园诗人'、'山林诗人'，是没有的。完全超出于人间世的，也是没有的。既然是超出于世，则当然连诗文也没有。诗文也是人事，既有诗，就可以知道于世事未能忘情。由此可知陶潜总不能超于尘世，而且，于朝政还是留心，也不能忘掉'死'，这是他诗文中时时提起的。用别一种看法研究起来，恐怕也会成一个和旧说不同的人物罢。"

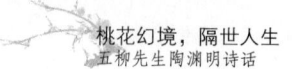

　　陶渊明多年的仕宦生涯，是他为实现"大济苍生"的理想抱负而不断尝试、不断失望、终至绝望的一段历程。

　　陶渊明在《责子》中将这种绝望表露无遗："白发被两鬓，肌肤不复实。虽有五男儿，总不好纸笔。阿舒已二八，懒惰故无匹。阿宣行志学，而不爱文术。雍端年十三，不识六与七。通子垂九龄，但觅梨与栗。天运苟如此，且进杯中物。"

　　二十多年的田园生活，他已是处在求借乞食状态，再加上五个不争气的儿子，晚景凄凉，他只能怪罪"天运"。

　　萧统在《陶渊明集序》中说了一段极有见地的话："有疑陶渊明诗篇篇有酒。吾观其意不在酒，亦寄酒为迹焉。"就是说，饮酒乃是陶渊明内心情愫的一种发泄，以酒浇愁，以醉忘忧；"泛此忘忧物，远我遗世情"。

　　借酒消愁，以酒为乐，其中也有许多无奈。陶渊明并不想麻木地醉生梦死，他曾经也有过满腔热忱，也有过金戈铁马的沙场梦。他年幼时便闻鸡起舞，练就了一身好功夫，剑术尤佳。那每一个招式，并非只是一个英武的姿势，而是藏着他许许多多杀敌冲锋的寄望。

　　青年时的陶渊明身体很强壮，性情也很刚烈，腰佩宝剑，曾经出门远游。那时那景那心情，他始终记在心上。

　　每一个人都有一个英雄梦。荆轲是他心中的英雄，陶渊明晚年曾写了一首诗赞颂："君子死知己，提剑出燕京。素骥鸣广陌，慷慨送我行。雄发指危冠，猛气冲长缨。"

　　"士为知己者死"，为了知己慷慨就义。黄沙路上，骏马嘶鸣，像是一声声悲壮的号叫。帽上的红缨在风中飘舞，像一簇跳跃的火苗。

　　快马加鞭踏过万里千城，尘土飞扬，模糊了他远去的身影。到最后，"图穷事自至，豪主正怔营。惜哉剑术疏，奇功遂不成"，荆轲的剑术还是慢了，原本该成就千古奇功，却只留下一个英勇赴义的身影，一个未完的梦。陶渊明敢说荆轲的剑术不精，正是因为他年轻时练得一身好剑法。他甚至会想，那刺秦王的人如果是他，结局许会不一样。

历史毕竟是过往，刀光剑影里映过诸多英勇杀敌的梦。在经历了重重乱世坎坷后，梦已渐渐地碎落在酒中，在一圈圈年轮里陈酿，浇灌愁肠。

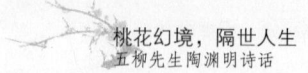
底色：悠悠我祖，爱自陶唐

其一

悠悠我祖，爱自陶唐。

邈焉虞宾，历世重光。

御龙勤夏，豕韦翼商。

穆穆司徒，厥族以昌。

其二

纷纷战国，漠漠衰周。

凤隐于林，幽人在丘。

逸虬绕云，奔鲸骇流。

天集有汉，眷予愍侯。

——陶渊明《命子》

不凡是生长在中国人精神里的根芽，在一代代人的精神世界里传承，每个人都希望自己的到来有一种特殊的意义。不甘平庸者，往往会为自己找到一些不凡的预兆、暗示及天命。例如，不凡的先人就是对自己前程的一种预兆，一种暗示，一种因果轮回的天命。

屈原在《离骚》中说："帝高阳之苗裔兮，朕皇考曰伯庸。"

每个人都希望自己的生命有一个光鲜的底色，于是，从血脉里找寻先祖的荣光，铺垫自己的生命。

东晋时更是高度重视家族门第。这也造就了一个时代人们的家族观念，人们希望从先祖的光华里会找到神圣的使命感，来慰藉今世的苦难。

在一个岑凉的秋夜，陶渊明在灯前读书。夜色如墨，渲染一世寂寥。陶渊明的家人都已入睡了，为了省油，他把灯捻拨得很小，灯光昏黄幽暗，照亮了他手中的书，还有他一双炯亮的双眸。他的脸上也漾着一层微幽的光。朦朦胧胧的，像是一个古老的童话。

窗外传来秋虫的鸣叫，异常清晰脆亮。陶渊明忽然抬起头，才发现，万物寂寥，夜已经很深了。

他回头看了一眼酣睡的妻儿，心弦柔柔地被拨动了一下。那心中的声音，也只有他一个人听得见，那一声响飘出窗外，融化在漆黑的夜空中。

他蹑手蹑脚地走到床边，轻轻坐下，凝视着这对双胞胎儿子的小脸。两张小脸在微弱的灯光映照下，美如珍宝。没错，那的确是他的宝贝。这样平静而温暖的瞬间，让他感受到一种宁静的幸福。陶渊明就那么呆呆地注视着两个可爱的孩子，心中泛起无限怜爱，只觉得，怎么也看不够。

在这样静好的夜晚，陶渊明失眠了，他的思绪在宁静的时光里飞荡，对面的窗子将一缕月光送到床头，他来了诗兴……就在这个昏黄的夜晚，他将自己的心绪凝练成诗句，打好了《命子》诗的腹稿。

在《命子》一诗中，陶渊明将家谱上续唐尧、虞舜，将西周司徒陶叔、汉右司马陶舍、丞相陶青都纳入本门。

对祖先追捧，既是一种勉励，又是一种极度的自卑。是信心不足时的寻求补偿，是哀怨自怜的变形表达。

当一个人对自己的现状并不满意的时候，则会缅怀过去。陶渊明，他在选择追溯远古先祖的荣光。

《命子》一诗是陶渊明初得长子俨时所作，历数陶门功德，正是为了抒发自己救国济世的理想，他的身上，始终背负一种沉重的使命。然而命

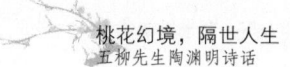

运弄人，一腔热血却在华发的银光中渐渐淡下来，一事无成的自己，只能将希望寄托在儿子身上。他希望自己的子孙承接着家族荣光，担起这济世救国，光复门楣的责任。

陶公述祖，亦是对自己生命状态的另一种自述。这其中既有不甘沉沦的一面，也有消极无奈的一面。命运使然，而他却不得不如此，他后来的无功而退，从"灵台无计逃神矢"，放弃与命运的抗争，给世人留下无限的叹惋。

然而归隐并非他的本心，而是命运使然。混乱动荡的年代，纵有千般热忱万般信念，最终都将会冻结在现实里。一个无奈隐逸的诗者，只有在回忆和展望中寻找那片刻的精神慰藉。

陶渊明的曾祖父陶侃，字士行，本鄱阳人，后徙家庐江之浔阳。侃出身孤贫，以军功而达显贵，官至八州都督，封长沙郡公。

陶侃泽被一方，家境也豪富一时，"媵妾数十，家僮千余，珍奇宝货富于天府"。应当说，曾祖的政绩、政声与其家室的昌盛、显赫，都是让陶渊明追慕的，这是与他一生数次出仕互相关联、不可或缺的因由。

陶渊明虽然有这样一个军功盖世位至极品的曾祖父，但经年辗转，繁华在时光里褪色，变成了回忆里的老故事。到陶渊明出生的时候家道早已衰落。辉煌的先祖已然成了他生命背后一个缥缈的影子，纵使有那几分荣光也是带着哀伤。

陶渊明在《赠长沙公》的序言里就说："昭穆既远，以为路人。"

同族人已有继承先祖荣光的富贵人，然而，世情淡漠，如今，他这没落的一支已经和这些人形同陌路。

所有的繁华总会有落幕之时，时光的巨碾，踏过昌盛与衰颓，让生命在亘古的沉寂里新生，让鲜活的浮世转成沧桑历史，繁华的回忆里增了几分旧色，光鲜的故事里也添了几分惆怅，陶家在历史的轮回中渐渐走向衰落。

陶侃亡故后，所有衰败的厄运都飞出了潘多拉的盒子，席卷陶氏一族。其子嗣或因罪被诛，或自残而殁。只得在血脉的传承中留下一丝挽复繁华的厚望。当陶氏先祖看过了繁华到衰败的流转，看尽了命运的起落与光华的得失，也就懂得了命运的轮回。他们知道当踏过断井颓垣将会再一次重现繁荣。繁华还要多久再来，他们并不知道，也等不到了。

陶渊明祖父陶茂虽也做了个太守，无功无过便是无名，辉煌的宏图愿景在这一代落空了。既然陶渊明说他是"直方二台"，以耿直方正闻名，必定在官场上混不圆转。于是，命运继续在血脉里流淌到下一代子孙，又是一次希望与落空的跌宕。

陶渊明父亲陶逸，是否做过安城太守今尚存疑，陶渊明赞他为官不喜，去职不怒，由此看出陶逸更是不得志，不喜不怒究竟是天性，还是一种辛酸的无奈，个中滋味，也只有他自己知晓。

陶渊明对陶侃以上的先祖都具体提到职位，谈起他父亲时却非常空泛，没有可知的事情用来赞誉。并且陶逸在他八岁时就去世了，剩下孤儿寡母，生活颇为艰难。败落困窘之状可想而知。人生初始，他便体会到了深深辛凉。

还好，陶家有些自己的田地，但只能在没有灾荒的年月自给自足，陶渊明曾有诗云"畴昔苦长饥，投耒去学仕"，由此可知，年少时他便躬耕于田野，和山林田园结下了命运的缘。由此我们略可窥见，隐逸并不是他无可奈何的后路，而是一种回归，一种宿命。

陶渊明从小受到儒学的影响颇深。当年庾亮来到江州后，就提倡儒家经学，而陶渊明的外祖父孟嘉，正是被他挑去当了办学的儒官。在陶渊明眼中，外祖父是个慈祥的老人。在陶渊明八岁父亲去世的那年，外祖父孟嘉还在，老叟幼童，祖孙两人，相互依恋，感情很深。

外祖父看到小外孙成了孤儿，就恍若当年的自己，心中百般怜惜和伤痛。此时正值陶渊明成长关键时期。他便将自己珍藏的一整套儒家经书赠与小外孙。一摞厚厚的经书，交到陶渊明的手中，像是一种神圣的仪式，在亘古的流光里凝练出一种温暖。几部书，很厚重，但是比这更厚重的，是

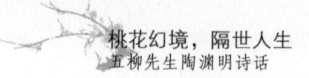
外祖父移交到陶渊明身上的希望。

光阴轮回五六载过后，外祖父也远离了尘世，消失在陶渊明的回忆里，那几本经书，成了外祖父留给他最珍贵的遗物。每每抚着经书，总能感觉到外祖父的温度。

经尽岁月的沉淀，这几本书对陶渊明有了更多的意义，每每闲暇之时，他便会拿出来，细细品读。那字里行间，流动着一种陈香，润得他心中一片安宁。

孤单是陶渊明的一种习惯，"少年罕人事，游好在六经。"亲人早逝，使得他过早独立，这种独立在他的成长里生根，融进了他的生命。他也渐渐爱上了安静的滋味。他成了性格孤淡，静雅的一个人。

几部经书，成了精神的桥，将外祖父所敬奉的儒学思想传递到陶渊明的身上，让他从小就打下了扎实的儒家经学功底，他在诗文中也非常推崇儒家。虽然陶渊明博采众家之长，但是，对他影响最深的，依然是儒家思想。这是外祖父在他年幼的生命里种下的魂。

陶渊明无亲兄弟，只有一个同父异母的妹妹，振兴门庭，延续香火，扶老携幼的职责系于一身，这远比大济苍生的逸志要来得实在，要留得长久。

一代代一一述诵下来，底气也是越来越弱了，到陶渊明自己的时候，他也就成了不被世人所知的何许人也。他无法承接祖先传承的希冀，几番努力挣扎之后，他选择了隐退。他希望自己不被这个年代记起，不被家族记起。也就将使命传承给了下一代，他的儿子。光复家族荣耀成了和愚公移山一样的巨大任务。不过，希望还是在的，因为"子子孙孙无穷匮也"。也或许到了哪一代，命运陡转，神迹出现，陶氏一族也就转运了。

陶渊明迟迟不仕与家事牵累不无关系，二十九岁后数番出仕，很大程度上是希望在有所作为的同时能够养家糊口重振门庭。

一代代希望传承下来，却离荣光的期盼越来越远了。先祖的光华渐行渐远，子孙们得到的荫庇越来越少，再加上现实的不如意，也就更加衰落。

陶门承陶侃爵位的嫡系子孙最初是其子夏，后经侄陶弘、弘子绰之，传至绰之子延寿。延寿曾随刘裕征讨后燕慕容超。延寿在经过浔阳祭祀陶氏宗祠时，陶渊明刚好与他相会，因此有感而发，作《赠长沙公》诗赋别，他不吝诗文赞美陶延寿不辱门庭、无愧祖先。而仰望他人的荣华，心底始终还是寂寥的。

历史与家族的责任系于一身，可乱世沧桑锁住了他的手脚，当抱负成了包袱，他的心经尽伤痛。坎坷的命运和无奈的人生让他伤痕累累，他对这种心灵的痛楚渐渐麻木，而对痛楚越是麻木，对美好越是敏感。还好，并不是所有都这样糟糕。

陶渊明的外祖父孟嘉，曾被都督六州诸军事并领江、荆、豫三州刺史庾亮保举为儒官"劝学从事"，又作为征西大将军恒温的长史。孟嘉的妻子，是陶侃的第十个女儿。他的温雅平和，他的飘逸潇洒，经常出现在陶渊明的脑海里。那样的人生，是他渴望却不可及的。

陶渊明除同父异母妹妹外，还有两个叔伯兄弟：仲德、敬远，都无所作为。陶渊明出身于一度辉煌而急剧败落的官宦世家。然而那瞬间的辉煌却成了子子孙孙一个走不到现实的醋梦。

所有的繁盛都曾真实地流淌过，却不复重来。曾经的辉煌成了子子孙孙心中的不甘和渴望，也是他们梦不得偿的深痛。对陶渊明又何尝不是呢！他一面想要恢复先祖的光荣，一面又感到时运不济，力不从心，一面厌弃官场的纷乱芜杂，一面又忘怀不了曾经有过的繁华。

他在进退出隐之间有如此多的犹豫，如此多的反复。最后他终于不能从仕途上看到光明前景，这才决然离去，留下无穷感慨，无穷怅惘，而终于觅得了恬静心境，当肉身在现实里被岁月啃噬，经尽磨难与伤痛，他却创造了另一种灵魂世界的繁华，宽广、博大、亘古、永生……

荣木：人生若寄，憔悴有时

采采荣木，结根于兹。

晨耀其华，夕已丧之。

人生若寄，憔悴有时。

静言孔念，中心怅而。

——陶渊明《荣木》

荣木，即木槿，芬芳的花瓣，染着淡紫色的梦幻。陶渊明已经习惯对着园子里的木槿树发呆。

阳光轻盈地漾在花瓣上，盈盈地，像是播撒一场仙境之梦。花儿在他的眼中由清晰变恍惚，涨满眼际，又散在他忧愁的双眸里。

这样美的花儿，清晨开放，到黄昏便落下。朝暮辗转，便是它的一生。而人生又何尝不是如此短暂呢。如朝露易晞，岁月如白云苍狗，无论你快乐还是悲愁，它是始终步履匆匆。

这木槿花，朝开夕落，但是它曾经炫美地繁华过。待荣华谢后，纵使山河永寂，亦是无憾此生。然而自己的人生，可曾那般如意地繁华过？

是繁华未至，还是，它始终都不会到来？

陶渊明望向时光深处，却是一片不见底的凄迷。

悲伤再次袭来，陶渊明的第二任妻子去世了。想那木槿花瓣，静静地

飘落，碾作芳尘。

陶渊明的妻子是个贤惠能干的女子。四五年里连着生了四个儿子，身体也逐渐衰弱。抚养这四个孩子，照顾着一家人的起居生活，忙碌而操劳。

妻子是一个善良的人，她帮街坊邻居洗衣服，终于落下咳嗽哮喘的病根。

妻子的身体每况愈下，越来越瘦弱，而粗心的陶渊明当时却并未留意，直到开春的时候妻子咯出一口血来，那一口血鲜红刺目，惊慌了陶渊明的心。那一刻，他才认认真真地端详妻子，发现她已经被生活的疾苦磨得苍老而病弱。看着面色苍白的妻子，他的心中涌出一种酸涩。作为一个男人，他没有给妻子美好和荣华，却带给她一身病痛。那是怎样的痛。

看过了郎中，才知道妻子得了痨病，并且病得很重。随后，病痛缠身数月，到秋天，百花枯落，妻子也闭上了眼睛，随那百花一同归于黄土，消散人际。妻子的去世，留给陶渊明的不仅仅是满腔哀愁，还有全家人的生活重担。陶渊明自己应付这四个孩子非常吃力，渐渐地，哀愁染上了眉头。

孟老夫人就和陶夔商议，又给陶渊明说了一门亲事，是翟汤家的女儿。翟汤是个比较出名的老隐士，仁义廉洁，不屑世事，不入凡尘。当年曾经几次被征召，他始终不为所动，立志隐居南山，终老田园。就这样，与草木花鸟结伴，做了乱世里的闲翁，度过淡雅宁静的一生。

第二年春天，又是一个春风如意充满希望的季节，在这个季节里，他迎娶了他的新娘。红艳的盖头，在烛火的掩映下更显美丽与温柔，陶渊明知道，有一种温暖渐渐复苏。

翟氏非常贤能，侍奉婆婆，抚养前妻的四个孩子，都尽心尽力，不辞辛劳。有了女人的家，才是一个完整的家，陶渊明总算是松了一口气。

这年夏天他看到木槿花盛开又凋落时，迷惑了。一时间心中涌起诸多感慨，索性题诗一首。

"《荣木》，念将老也。日月推迁，已复九夏。总角闻道，白首无成。"白首无成，这正是陶渊明心底的隐痛和永殇。几十载人生岁月，看过风也

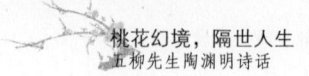

萧萧，雨也潇潇。木槿花瘦，转眼又是一宵。

"采采荣木，结根于兹。晨耀其华，夕已丧之。"木槿树在这里扎根生长，经历了多少个冬去春来，才开出了鲜亮明艳的木槿花。清晨还是灿烂的，转眼，黄昏来了，绚烂还未看够，那花便萎谢了。一切都太匆匆，太匆匆……

"人生若寄，憔悴有时。静言孔念，中心怅而。"生命有尽时，他的两位妻子已经成了夕阳下的落花，亦不见她们的花颜，只能在回忆里寻找那曾经的灿烂。自己已是将老之年，前面的路，究竟还有多长，年华渐逝渐远，可是一重重年轮反复，自己还是一事无成。这一遭生命，岂不徒劳。

这个夏天就要到了。到了，然后又过了。夏天将死于秋天，西风的气息正在迫近，像是催着生命老去。人生紧迫，充满危机，若不出仕有所作为，恐怕真的就来不及了。若是满心悔恨地离开尘世，一生从未绚烂绽放过，生命这一遭艰辛路，岂不是白白来过。

看过了一朝又一朝荣木繁华，他的心中起起伏伏几重惆怅。人生就是一个圆满循环的宇宙。"朝闻道，夕死可矣"，也许，当生命走到尽头时，即是黄昏日落处。花有落时，人有亡期。来过，然后离开。生命本就是一场旅程，就该好好度过这每一天。

绚烂是灵魂的盛放，无须挂上花枝，留与他人赏。尘世多喧嚣，名利如浮云，倒不如抛却一切，踏实地活着，稳稳地抓住大地，过一遭自由人生。

"贞脆由人，祸福无门。匪道曷依？匪善奚敦？"

宿命是每一个抉择连成的线，人生是一场自我救赎。坚贞还是脆弱全在自己，福祸怨不得别人。

"嗟予小子，禀兹固陋。徂年既流，业不增旧。志彼不舍，安此日富。我之怀矣，怛焉内疚！"

年华如滔滔逝水，自己的才学却毫无长进。立志不断前进，却又把时光白白消耗。如此往复，随着那木槿花开花落一朝又一朝。他怪自己的固执粗陋，却也是对这世道的反击。他自由放达的品性着实难以同这世道相融，在粉饰繁华的世界里，他着实地感觉到了自己的"粗陋"。

人到中年，是一个沉淀的年纪。大多数人会变得世故、沉默、保守，在茫茫人海里翻滚。他们渴望宁静又渴望辉煌，他们不敢放弃拥有的东西。哪怕心中渴望幽静的田园，哪怕城市再多喧嚣，也始终割舍不掉那些名利光华。

四十岁的陶渊明心中还有锐气，还有精确的生命意识，自强不息的功业追求。他不想虚掷自己的余年，没有任何的迂腐和守旧，他难以忍受肮脏的俗世。

在经历诸多人生苦难后，他依旧充满生机和活力，散发出强烈的个性。鲜有人到了四十岁，还有他那份对命运的持守。在他内心深处，报国安民的理想还是一个燃烧的小火苗。他依然盼望着能有一位像曾祖父陶侃那样的人物出现，能够让他施展自己的抱负。

"先师遗训，余岂之坠？四十无闻，斯不足畏。"孔夫子说人到了四十岁还一事无成，就"斯亦不足畏也矣"。

他信奉这位先祖所言，却不甘心让时光流走，放弃自己的人生。"脂我名车，策我名骥。千里虽遥，孰敢不至！"他想要给他的车轮注满油，策马加鞭。踏遍漫漫千里征途，去追求内心的渴望。

一首《荣木》，如同孔子脚下的逝川。这场中年危机，随后就被陶渊明的再次出仕给化解了。他的人生再次高企，载着满心期待。

他东下往赴京口（今江苏镇江），加入刘裕的幕府，当了镇军参军。这是他一生五次出仕中的第三次。他对讨伐桓玄叛军的刘裕满怀信心。他必须要经过这一道凹俗的关口，才能豁然开朗。

陶渊明并不是一个无趣的人，他内心的世界里有远大理想。年轻时饱读诗书，中年时多次出仕，老来归隐方是顺水推舟。他的心怀一直是激烈昂扬，无酒不欢的，是真正的性情中人。纵然人生起起伏伏，给了他诸多磨难，纵然他面对曾经无数次的忧愁，当下一个朝阳升起的时候，他依旧会如木槿花一般，在阳光下暖暖微笑。

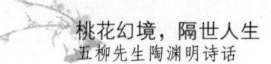

诗画：芳菊开林耀，青松冠岩列

其一

芳菊开林耀，青松冠岩列。

怀此贞秀姿，卓为霜下杰。

其二

蔼蔼堂前林，中夏贮清阴。

凯风因时来，回飙开我襟。

息交游闲业，卧起弄书琴。

园蔬有余滋，旧谷犹储今。

营己良有极，过足非所钦。

春秫作美酒，酒熟吾自斟。

弱子戏我侧，学语未成音。

此事真复乐，聊用忘华簪。

遥遥望白云，怀古一何深。

——陶渊明《和郭主簿》

秋高气爽，又是一年金色的好时节，百草望穿了等待，在凉秋里枯干
凋零。时空深处，绵延着亘古无声的沉寂。消瘦的山峰更显奇绝高峻，遥
遥挺立，独有一番韵味。苍松抖擞眺望着悠远的天涯，菊花傲人怒放，冷

艳地点染了肃杀的秋。秋色苍茫，惹人愁情。

诗心本是一片情，陶渊明有万般情在这秋色里蛰伏。他在秋风中极目远望，望向遥远天际。他的目光蹚过时间的河流，走向远古，他望见了那些古代品德高尚的隐士，心中生出憧憬。

回望今生，人世沧桑匆匆踏过。乱世纷扰，他满腔情怀却始终不得舒展。然而，此时他的心中不再跌宕着愤愤情怀，而是多了些淡然和平静。眼前的景，是他心中的境。这是一幅平静而优美的生活画面，悠然淡远。浮世里几番沉浮，不过都是些抓不住的喧嚣过往。眼前这些平淡而琐碎的，才是最真实的生活。

公元三九五年，岁月安然静好，翟氏给陶渊明生了个小儿子，取名阿通，通达、顺畅之意，这也是作为父亲对儿子人生之初最美好的愿望。

新生命的降临给生活带来了新鲜的色彩，也为陶家带来了许多福气。这孩童在平静的岁月里茁壮成长。不管那外面的世界如何更迭，这两三载光阴里陶家竟风调雨顺，田里的庄稼连年丰收，放眼望去，一片金灿灿的田野，饱满的色泽，也装满了人的心田，驱走了深秋的寒意。

满仓的饱满的谷物，给人带来的踏实和满足感，要远远大过那浮世的功名利禄。

有时候，他们还会用粮食酿一点儿酒。酒未出窖，芳醇已经萦绕鼻息。缠绕着，一个醇香幽宁的上古仙梦。

欲望像一杯蚀骨的毒酒，侵蚀了多少人心。如今，酒香已远，梦难再回。然而，纵使今时岁月安稳，浮沉里穿梭的，却是一颗颗离乱的人心。在那陶公的片刻思邅间忽然明了：人心就是一场乱世，宁静是一条心灵的皈依之路。

人们在和平的年代里悸动，陶公却能在乱世里寻找到一片遗世的宁静。

宁静的生活，淡如微云清风，轻轻浅浅地，抚着人心。陶渊明自觉眼前生活平淡，清爽，舒畅。那些过往忧愁，也忽地在眉间散开了。所有的不幸和忧伤，仿佛都是为了当温润的幸福到来时，他能更加珍视。他看着妻子

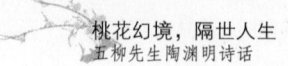

忙碌而温柔的背影，心头泛起柔情和感动。

翟氏是个善良贤惠的女子，她犹如一盏红灯般明艳，光亮，干起农活来一点都不比壮小伙子差。自从她进了门，帐前的红灯挂起，陶家的日子，又开始红火起来。

翟氏每年都跟陶渊明一起插秧收割，有时干得比陶渊明还利索。找门生的事情也由她一个人张罗，不用陶渊明再操心了。

赶上没有农活的时候，陶渊明只要安心教书就可以，回到家就可以吃上热饭，几个孩子也都被翟氏调教得知书达理，再也不围着他吵闹了。她对孟老夫人更是恭敬体贴，婆媳俩处得很融洽。家里的老老少少都被她照顾得很周全，大大小小的事也都被她处置得很周到，这让陶渊明很宽心。有妻如此，他着实感激和幸福。

夫妇俩平日里相敬如宾。如若酿好了酒，翟氏先端一碗放到陶渊明手里，他看到她的手已经不复当初的柔嫩，手微颤，碗中清酒，漾起小小涟漪，溢出一阵芳醇。那味道，就如同这岁月一般沉静，又如同眼前这温柔勤劳的妻子般美好。酒尚未沾，陶渊明就已经醉了。世间功名荣华，都在这眼前的诗酒田园里，失色了。

公元三九六年，仲夏的一天，陶渊明吃午饭的时候，喝了一点儿酒，酒酣即入梦。他就是在屋子前面的那片小树林里，支起了一张软榻睡在上面。树木交错，斑驳了阳光，像一张幽灵的被子，覆在陶渊明的身上，他在这平静美好的时光中，轻鼾。梦中，没有战乱烦扰，没有政治黑暗，有的只是田间悠然，百姓共乐，是一片美好的和平盛世……

睡意浓得正香呢，忽然有人在他的肚皮上拍了一掌，睁开眼，是翟夫人。她是来给陶渊明送诗的，郭主簿又让人送来了一首诗给他看。

陶渊明接过诗卷，细细品读起来。贤惠的妻子已经给他端来了清酒，他温柔地望着妻子，小酌一口，继续品诗。

这郭主簿是陶渊明当江州祭酒时的别驾从事史郭若虚，现在担任江州主簿。他跟陶渊明经常有书信往来，主要是唱和诗文。读完郭若虚的诗，陶渊明也动了诗兴，和了一首。

"蔼蔼堂前林，中夏贮清阴。凯风因时来，回飙开我襟。息交游闲业，卧起弄书琴。"

那门前翁郁的树林，枝繁叶茂，浓荫匝地，用来消夏是最棒的选择了。那一股股凉气，就像是存在了树荫里，等着他来享受。

凉风像是调皮的娃娃，撩开了他的衣襟，使他的肚皮都露在外面丢丑。他不觉烦扰，反倒觉得趣意横生。如此惬意的生活，让陶渊明备感舒心和满足。

其实，幸福本来就是一件简单的事情，饥饿的时候，一顿可口的饭菜就是最大的幸福；寒冷的时候，一件温暖的棉衣就是最大的幸福，像这盛夏酷暑，幸福就是这树荫下一阵惬意的清凉的微风。

这烈日炎炎，他自然就不愿意去赴友人之约了。在这惬意的美景中品美酒、读诗书、弹雅琴，累了就在凉荫下小憩，这样的悠闲光景，恐怕这位主簿友人是艳羡不来的。

近来的日子，陶渊明是非常知足的。"园蔬有余滋，旧谷犹储今。营己良有极，过足非所钦。"这两年风调雨顺，粮食满仓收成不错，日子也渐渐好转起来。园子里的蔬菜取之不尽，去年打下来的粮食，存在粮仓里，到现在还没吃完。虽然都只是些粗茶淡饭，但是，他就可以有精力去做自己喜欢的事。

生命痛苦的根源就在于不断攀升的欲望。一家人能吃能用的本来就有限，所以根本没有必要奢求超过本来需要的东西。心中的欲望少了，生活也就简单、平淡了。

陶渊明在家中还酿了酒，酒是他最爱的东西。酒能让人忘忧，亦能使人生情。因此，酿酒饮酒，对于陶渊明来说都是一件乐事。是用舂碎的黏高粱酿的，味美浓醇。然而，这浓醇的佳酿，只有他一个人自斟自饮了，独饮独醉，自有一番情趣，但是若好友郭主簿能来，尝尝自家酿的美酒，然后再一起谈诗论文，该是人生何等惬意乐事。

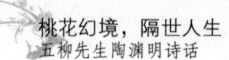

"弱子戏我侧，学语未成音。此事真复乐，聊用忘华簪。"如今，陶渊明的小儿子阿通，已经三岁了，整天绕在陶渊明的身边嬉戏玩耍，咿咿呀呀的，已经会说好多字了，说一句话吞吞吐吐的，却非常可爱，每当看见儿子的笑颜，他的心中就漾满了欢喜。

逗弄孩子，饮酒作诗，弹琴读书，这些简单快乐的事，使他心中无限平静。让人名利之心顿消，什么官场里的功名利禄，都远远地抛在脑海之外。

经历一些人生风雨后，他越来越明白，功名利禄只是生命中的浮云，而平静才是生命最踏实的力量。

春游：偶影独游，欣慨交心

时运，游暮春也。春服既成，景物斯和，偶影独游，欣慨交心。

迈迈时运，穆穆良朝。袭我春服，薄言东郊。山涤余霭，宇暧微霄。有风自南，翼彼新苗。

洋洋平泽，乃漱乃濯。邈邈遐景，载欣载瞩。称心而言，人亦易足。挥兹一觞，陶然自乐。

延目中流，悠想清沂。童冠齐业，闲咏以归。我爱其静，寤寐交挥。但恨殊世，邈不可追。

斯晨斯夕，言息其庐。花药分列，林竹翳如。清琴横床，浊酒半壶。黄唐莫逮，慨独在余。

——陶渊明《时运》

春天是一个快乐的季节，花草复苏，鸟儿欢叫，总是会给人疏朗的好心情。

曾子曰："莫（暮）春者，春服既成，冠者五六人，童子六七人，浴乎沂，风乎舞雩，咏而归。"

暮春时节，穿着春衫五六个青年和六七个小孩子，渡过沂河。在舞雩

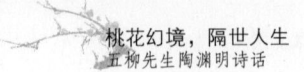

台上唱歌跳舞祭祀求雨。这是曾子心中美好的愿景。

暮春，陶渊明穿过和美的晨曦，去往东郊春游。闲暇时，独自背包出游，他用自己能够抓得住的时光去体会生命的真实与美好。

"春服既成，景物斯和，偶影独游，欣慨交心。"他穿好了春服，就想起曾子的话，深深地迷醉在那惬意的感觉中。在这美好的春日里，云在山间穿梭，天空明朗澄澈，飞鸟欢鸣，身处其中，整个人都顿时清爽许多。载着愉悦的心情，他踏上了美丽的旅途。

"洋洋平泽，乃漱乃濯。邈邈遐景，载欣载瞩。"微风在温柔地呵护着崭新的苗儿。他来到水岸，洗漱，濯足，他与自己为伴，他带来了足够的米酒。

环顾四周，杳无人迹，他并不感到孤独。他在酒中"陶然自乐"，轻轻一语，道出心中无限欢愉和满足。

宁静生活正是他最向往的，水面波光粼粼，他想这波光应该映过那些冠者和童子闲咏吧。他们临水闲咏是为何？那么自己如今孤身一人来寻着宁遐又是为何？

他也曾伏在案牍上埋头苦读四书五经，可乱世却难容这满腹经纶，一腔报国热血在残酷的现实中冷却，因此，他跟从灵魂深处的召唤，体会最真实，最自由的生命。

"斯晨斯夕，言息其庐。花药分列，林竹翳如。清琴横床，浊酒半壶。黄唐莫逮，慨独在余。"他醉在美景里，忘记了世界，也忘记了自己，抬起酒壶，他才发现，酒已空，他笑笑，满足地回到了茅庐。

庭院里芍药花灿烂盛放，他看了看草庐，还有那坛甘醇的米酒，一柄古琴，这就是他生活中的所有。这些物件伴随着他，跟他一同，隐没在这竹林中，消失在世界里。这样的生活，宁静而美好。然而在这些恬静和美好背后，有一些东西，在他内心深处隐隐作痛。

陶渊明的思想深处始终受儒家思想的影响。曾经想要报效国家的雄心壮志被乱世挥霍，官场虚伪、阴暗，政治斗争混乱，国势不稳，世态炎凉，这乱世种种纷乱让陶渊明一次又一次失望，他胸中曾经燃烧的烈火，也渐渐淡了，最后淡出了世事。他惋惜自己没有赶上黄帝上古的淳朴社会，现如今只有在这乱世里做一个孤独的闲客。与这青竹、美酒、田园……为伴。

"黄唐莫逮，慨独在余"，是他心底一声沉重的叹息。旷古的孤独，也只有他自己才懂这其中寒苦滋味。

他的孤独，是因为他的不屈，他的孤独是因为他的勇敢。也因此他注定了无法在这个乱世里建功立业。他热爱生命，为生命的真实而过活。他的归隐，是世人眼中的逃避。然而从生命的意义思考，他恰恰是在最热忱勇敢地追寻。

挣脱名利的羁绊，甩掉欲望的束缚，他真实勇敢地活着，只为自己。

当曾经的理想碎裂在残酷现实中，他忽然发现，那些热忱的信念原来如此不堪一击。

他不想蜷缩委屈自己，来苟同那些污浊世风。与其周旋在虚伪的笑颜里，倒不如绝尘而去，归于山林，与山水田园为伴，同那花鸟共欢愉。

由此可见，陶渊明是个真实的人，他勇敢地面对自己的内心。这是我们向往的，却胆怯的。

多少个宁静的夜晚，我们默数着心中的疲累，我们受够了所承受的一切，我们在内心里高喊着要为自己好好地活。然而，时光轮转，几分钟过去，便重新回到自己的角色中去。我们始终缺乏一种决绝的勇气，太多东西，不愿舍弃。因此，每一种人生原本都是我们自己选择的。每一份负担，都是我们自愿背负的。换一换思路，会发现，每一种生活原本就是我们自己在选择。

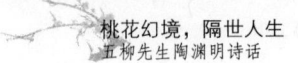

宁暇：不驶亦不迟，飘飘吹我衣

蕤宾五月中，清朝起南飔。

不驶亦不迟，飘飘吹我衣。

重云蔽白日，闲雨纷微微。

流目视西园，晔晔荣紫葵。

于今甚可爱，奈何当复衰！

感物愿及时，每恨靡所挥。

悠悠待秋稼，寥落将赊迟。

逸想不可淹，猖狂独长悲！

——陶渊明《和胡西曹示顾贼曹》

时常令我们难忘的，不是某件事，不是某个人，而是一种情绪。他会渲染在回忆里，凝成一幅画。

你的记忆里是否曾有过这样难忘的画面，知己好友三两，共聚在惬意的时光里，你们畅聊四海江川，你们倾吐人生苦乐。也许你已忘却了当时谈话的内容，但却清晰地记得彼此温暖欢欣的笑颜，化作记忆中难忘的扉页。

美好的情感是会超越光年的界限，在那悠远的晋朝，亦是陶渊明这位诗人人生中的难忘时光。

人生得意须尽欢。三个好友欢聚一堂，饮酒对诗。一杯酒入肠，一句诗

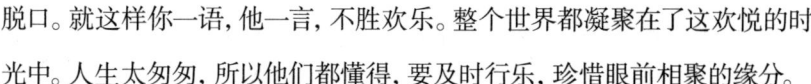

脱口。就这样你一语，他一言，不胜欢乐。整个世界都凝聚在了这欢悦的时光中。人生太匆匆，所以他们都懂得，要及时行乐，珍惜眼前相聚的缘分。

外面的世事任其混乱，这里却是满满的惬意时光，所有的纷乱都是与此刻无关，所有的烦恼都被抛诸脑后。

那一刻，是他们自己的时光，不被世界打扰，不被世俗左右。

陶渊明清楚地记得，那是一个五月的清晨，空气清新爽彻，朝霞远远地晕得天边一抹羞红。南风吹动他衣袂飘然，轻抚人心底一阵阵温暖和柔软。那一刻，他心底荡漾着欢乐的微波。

空中忽来几朵愁云，转眼间就下起了微雨，零零散散，像是来自宇宙的呵护，他有一颗诗人敏感的心。微微细雨让他心中充盈着一丝感动。这每一丝感动都是自然的恩赐。

他内心深受每一处感动，他的眼睛流光飘转，他望见了西园深处，向日葵花灿艳地开放，漾在流光里，惹人怜，他望见了灿烂背后的隐伤。

所有繁华总有衰颓的时候，想到眼前的美将在不久后消散衰落，他的内心忍不住一阵伤感。

所有的感触都化在酒中，挥杯酒尽时，伤愁也化尽肝肠里。那么，没有了好酒，该要怎样才能熬过这漫漫人生。一盏空杯的孤独，一载光阴的等候。他要酿好酒，等着下一个秋月酒酣午后。这中间，他要看到多少世事哀愁，无可化解，汹涌在心口。

摇晃的年代不能给人以安全感，他的内心时常会涌动着不安，要借着酒力，才能舒缓。

酒的热量，将会温暖生命的苦寒。

人生像是一壶老酒，有时浓烈有时淡，多情岁月滴滴在心头。酒浓会醉，多情易伤。

酒是心病的短期处方，它以一种火热的力量，慰藉了多少惆怅心灵。

愁是千古心事，没有人会一生无忧，当一个人识得愁滋味，也就开始走向生命深处，一个人若是以酒消愁，即是走到了人生迷途。未来的路茫茫，

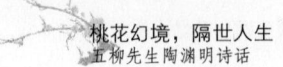

无人可知，多才的诗人亦是无从窥见。他却能始终清醒地听到心中的呼喊。他知道，自己永远不可放弃自由，永远不能抛弃尊严。

良辰美景奈何天，每一处美好都是生命的厚予，每一种生命都是自我的抉择。

陶渊明，他有一颗诗人善感的心，他的生命也因此愈加饱满。他感恩于一切自然的生命。他敏感地感受到生命的喜悦，亦能敏感地感受到生命的悲伤。灿烂的花事终会了，时光终究会带走繁荣，他懂得生命由盛易衰的过程，他也微微看淡世事，红尘已乱，纷纷攘攘，诸多易变，终将会平息。那么，既已无力左右，何苦惹那一身烦乱，倒不如忘却人间事，归于山水田园间。为了生命的至爱，为了灵魂的自由之旅，他终会归去来兮……

一首诗，在欢愉和感恩里涌动着伤愁。我们看到了一个悲伤的诗人，愁情染了那曾经从容的心。诗已罢，伤感锁在了眉头，他向二位友人恭杯举酒，三人眼眸一次电光交会，心意融通，相继一饮而尽。愁虽不减，心中却十分畅快。三人都共同沉浸在这一片难忘光阴里。

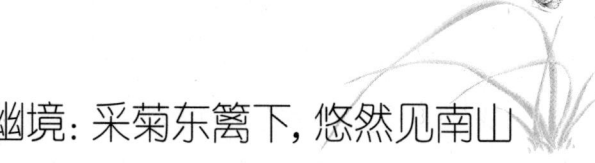

幽境: 采菊东篱下, 悠然见南山

结庐在人境, 而无车马喧。

问君何能尔? 心远地自偏。

采菊东篱下, 悠然见南山。

山气日夕佳, 飞鸟相与还。

此中有真意, 欲辨已忘言。

——陶渊明《饮酒·五》

逆着古时风雨, 拨开前尘光阴。我自悄然向历史风尘走去, 品香醇古味, 静静观瞻, 不去打扰。

混乱、残酷、暴君、政变、疾苦……一段晦暗与浑浊交杂的历史。然而, 却在远离人烟的茅草屋里, 散一缕清雅芳醇。所有历史的风云滚滚, 都败给了这一隅雅致的风景。

幽静、闲逸、恬适……与那乱世形成鲜明对照, 隔世隔尘, 恍如仙境。

有一处茅草小屋, 掩藏在青翠挺拔的树林中, 经历了世事风云, 些许残旧和凌乱, 无言之间已话尽堂前沧桑。

院子前, 篱笆被灿烂的菊花簇拥着。院子里, 他酌酒挥觞, 酝酿诗作, 远远望去, 好一幅惬意的醉翁图。

那闲情, 那幽境, 是千古人的追寻, 却得之者甚少。

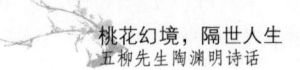
东晋王朝，他一人览胜。前生后世，又有几人能及。

陶渊明，一个孤独的诗人，拥有自由的灵魂，挥舞在乱世，游走于千古。

他极目远望，延伸幽微。看那山霭蒙蒙，看那倦鸟余归，正如他，在那凡尘里飞了一遭，倦了，累了，自当归于这山林田园，以隐逸为乐。然而，这乐却也有着无奈的意味。他的眉宇，始终透露出一缕抹不去的愁情。

一个纠缠着矛盾的诗人，一首瑰丽、悠然的诗，一幅唯美、恬静的古时画卷。如今每每品来，依然是好景醉人，菊香幽幽。

细思起来，"菊"与他，有着颇多相似的品格。

秋天，寒气肃杀的秋天，他生逢乱世，残酷世事，远比天寒；

菊花傲霜，他傲世，纵使岁月中风吹雨打，纵使命运里苦寒交加，他亦昂首如菊；

菊花孤独绽放，无蜂无蝶，他孤独于世，亦无知音为伴；

菊花不与春天百花同绽，他不与世同流，任世人随着世俗绽放与幻灭……

乱世难平，他只有在这田园的自然之美中彻底回归生命的本真，做一束淡雅清菊，独自绽放，在一个飘摇的时代里，固执地散着淡淡幽香。

好一首《饮酒》诗，一句"采菊东篱下，悠然见南山"不知沉醉了古今多少人。

《饮酒》诗是二十个美丽的诗话，亦是他二十篇日志故事，和着酒香古意，向我们娓娓道来。

记得那一天，斜阳天外，酒醉篱前，他眼神微醺，忽而忆起那些风霜雪雨。他曾多次入仕，又反复地失望，一次次深痛中，他终于懂得：官场，不该是他的去处，亦不能成为他的归处。凌云壮志，满腔抱负，都被这嘈杂的时代吞饮，幸而他聪慧，不再作无谓的挣扎。于是，他潇洒地向官场挥挥手，义无反顾地走向了属于自己的山水田园。

往事如风，如今念来，恍如隔世。但，就算那些前尘在一年年光阴转换里变淡，那些痛苦也会铭刻在心，生出另外一种超然、悲壮的心绪。

谁人都会在孤独中沉沦，在痛苦中沉郁，然而，在入世经历悲苦后，又能出世离尘，追寻自我本真者却寥寥无几。

陶渊明，率性自然，如同涅槃之凰，浴火重生，超脱凡境。

这南山脚下，远离尘世，终年听不到车马的喧腾，他依然耐得住寂寞。若问，何以忘凡尘？道理并不复杂，一切尽在"舍得"之间。舍去功名前尘，舍去繁华盛景。舍之刻，即是得之时。宁静淡泊的生活，其实并不是隔世远景，而是一片淡然空境在心间。

醉眼惺忪的他凝视着杯中酒，世界在光影里微动。他想，酒中的世界，应该是充满醉意的，那醉了的菊瓣，一定别有一番风味。

东篱受的阳光雨露最多，那里的菊花也开得格外灿烂。他到东篱边采下了一瓣菊，忽一抬头，南山赫然闯进眼帘。南山！陶公的老友，他曾无数次地观瞻，这一刻却莽撞地闯进他的眼帘，莫非是迫不及待与他共赏这悠然的闲景。

一轮夕阳在沉落之前，还要用满天的云霞打扮这一片青翠的山岚。一只只鸟儿飞回你的怀里，你的每一道沟沟坎坎，都在黄昏中清晰地呈现。那幽深的山谷中蕴藏着多少自然的真谛，任凭怎样的语言也难绘其意，倒不如缄口，独自懂得……

南山之下，他静静地向远处凝望，直到晚霞消失了最后的光焰。捏在指间的雏菊，一瓣一瓣掉落到酒中，花瓣被酒水浸湿，芳馨更幽。看着娇艳的花瓣在酒中漂浮，他更加淡薄了世俗的人情冷暖。所有功名繁华，都不如眼前这田园之景。

一个人对影独酌，直到杯尽壶倾。夕阳早已落山，白天的喧嚣终于停止，万籁俱寂，一切归于自然，幽幽如仙境，叫人沉醉。鸟儿都归翔林中，偶尔有几声唧啾啼鸣，还有这个悠然的酒徒在东篱下独潜心怀……

突然有一只鸟儿掠过屋檐，在夜空中独自飞翔。飞来飞去找不到栖息之地，一声比一声鸣叫得凄凉。陶渊明目送它远去，想象着它能落到何方。

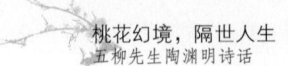

月色朦胧初上，令人心旷神怡。短暂的人生真如一场梦幻，就在自己的家园从容地度过它吧，何必为喧嚷的世事羁绊？

他期望那些鸟儿能够找到一棵挺立的青松，构筑温暖的巢，等到寒风劲吹万木零落的时节，只有它的枝叶不会凋敝。它们找到这样的栖息之所，才能有一个永久的家。

夜色如墨，月光皎洁，南山的轮廓像一块巨大的黑色碑石，耸立在天地之间。南山是不会老的，陶渊明死后埋在陶家墓地里，成为南山的一部分，生命同这南山一样永恒不老，又何必去理会尘世。

他早已不是冷眼旁观的局外人，他的灵魂在天地间纵游，化身为一溪秋水，一棵苍松，一只飞鸟，以自然神韵、勃勃生机展示自己的风姿，引动我们心灵的翅膀，翻飞在自然诗海的天空。有山有鸟，有菊有松，陶渊明徘徊在诗情画意里。

一次，庄子和他的老朋友惠施一块儿去游玩，来到一座木桥上，庄子看到溪流中的白鱼游来游去，若有所思地说了一句："你看，河里那些白花花的鱼成群结队，自由自在，多快乐啊。"

惠子说："你又不是鱼，你怎么知道鱼是快乐的呢？"

庄子接着说："你又不是我，你怎么知道我不知道游鱼的快乐呢？"庄子能够体察到游鱼的快乐，是因为他把自己当作了一条鱼，一条置身其中、自由自在的鱼，以鱼观鱼，鱼我一体，不知何者为鱼，何者为我。所以，他知道鱼是快乐的，有生机的。惠子以人观鱼，人鱼分离，所以他体会不到鱼和庄子的快乐。因此，也只有那时那境的陶渊明，才能深深懂得欲辨已忘言的万物归一的心境。

桓玄篡位称帝，最后身败名裂，的确是恶有恶报，可刘裕现在也想篡位称帝，然后坐稳江山。是桓玄凶恶刘裕善良吗？这前朝的事，念一念也就罢了。这前尘的事，独自品一品也就算了。过多说辞，无人懂得，徒添烦恼又是何必。人生真意，自己能够寻得，懂得，已是佳境。

陶渊明知道，有许多人不理解他。他人为官都能节节攀升，为什么只有他难存官场，每次做官都很快离开？为什么满腹的诗书才学不去施展，却困守田园让妻儿老小忍饥挨饿？

人们往往凭事盖棺定论，他的苦涩愁思，又有几人懂得。

世上多少人为升官忙碌，费尽心机，一生视名利如命；有了钱财，骄奢淫逸，一生以财为乐。然而，当生命被欲望和名利所困，乐极反为苦，命便不由己。于是，无奈的人们，苦苦地求索一个清新的活法。

然而，陶渊明在千百年前就教给了人们这样一种纯粹的活法。

人生在世，来走去留，由我随我；醉我所醉，得我所得；忧我所忧，乐我所乐；我就是我，不戚戚于贫贱，不汲汲于富贵。不必活在欲望的风口浪尖，亦不必自惹烦愁。

"千秋万岁后，寂寞身后名。"这是杜甫的诗句，却格外适合陶渊明。千秋万岁的名声与他何干，他只要今生最简单的快乐。

不管外面的世界如何精彩，不管它如何纷乱，他仍然喝酒写诗，乐于鸟鸣、云雾、清泉、晨曦、清风……之间。当时当处的快乐悠然，他自己懂得，不必费心费力讨他人欢赞。且让那些名利之徒去大惊小怪吧！他这个晋朝的孤民，关上自家的户牖，把月光留在了屋外，把尘世喧嚣也留在室外。

如今酒入肚中已数杯，酒意渐浓，他双睛发亮，两腋生风，胸怀中如一阵飞雨洒落轻尘，他哑着舌头，在这袅袅酒香中，放下世间闲愁。

草庐盖在南山脚下，远离尘世，终年听不到车马的喧腾。他见过了繁华，守着一颗清净的本心，也能耐得住寂寞。他有辽阔宽广的胸怀，他只有在偏僻的山村陋巷里，才能过上宁静淡泊的生活。

陶渊明是一个非常有情趣的人，总是会生出别样情致，醉眼惺忪的他凝视着杯中酒，忽然想到把菊花泡在里面，一定别有一番风味。

东边的篱笆接受的阳光雨露最多，那里的菊花也开得格外灿烂。等他到东篱边采下了一朵雏菊，刚一抬头，南山豁然闯入眼帘。

南山，陶渊明微笑地望着这个老友，他每天都要到庭院中，无数次地观瞻。这一刻，它却忽然闯进了他的眼帘，仿佛是一次热情的邀约。

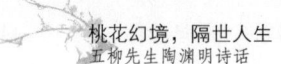
　　因为自己的心远离尘俗，所以即使身居闹市，也如同在偏远的地方一样，不受干扰。

　　苏轼说："因采菊而见山，境与意会，此句最有妙处。"这两句是说无意中偶见南山，从南山之境和悠然自得的心情，与自己隐居的生活中，感受到真意妙趣。日落时分，山景尤佳，飞鸟相伴而还。万物顺其自然，这里有很深的奥妙，欲辨而忘其言不能辨。

　　感受着宁静幽美、光洁素雅的意境，这里有菊花飘香，无声无息，灿艳动人；有明月皎皎，银辉四射；有山鸟飞旋，绕云翠鸣；还有春山空旷、安详、宁静。更重要的是，这一切全在于他的悠然心境，还有一双能够看透世事的慧眼。

　　和误入官场的名利纷争、尔虞我诈相比，走进空山明月，早已弃绝凡尘，摒除俗念，无官一身轻。

　　有了这份逍遥自在，有了这份不为物累、不为俗缠的清闲轻松，一花一山、一月一鸟才如此情趣盎然，生机无限。

　　陶渊明心中有一座空山，一轮明月。在度过千万年后，这又何尝不是今天的我们所朝思暮想的精神家园？每天沉浸在物欲横流的喧嚣中，我们又是多么渴望青山明月的宁静。而这个魏晋时期的田园诗人，勇敢地实现着我们每天可望而不可即的梦。这不禁让我们沉思：文明，究竟是一种进步，还是另一种丧失？

挽歌：死去何所道，托体同山阿

其一

有生必有死，早终非命促。

昨暮同为人，今旦在鬼录。

魂气散何之，枯形寄空木。

娇儿索父啼，良友抚我哭。

得失不复知，是非安能觉！

千秋万岁后，谁知荣与辱？

但恨在世时，饮酒不得足。

其二

在昔无酒饮，今但湛空觞。

春醪生浮蚁，何时更能尝！

肴案盈我前，亲旧哭我旁。

欲语口无音，欲视眼无光。

昔在高堂寝，今宿荒草乡。

荒草无人眠，极视正茫茫。

一朝出门去，归来良未央。

其三

荒草何茫茫，白杨亦萧萧。

严霜九月中，送我出远郊。

四面无人居，高坟正嶣峣。

马为仰天鸣，风为自萧条。

幽室一已闭，千年不复朝。

千年不复朝，贤达无奈何。

向来相送人，各自还其家。

亲戚或余悲，他人亦已歌。

死去何所道，托体同山阿。

——陶渊明《拟挽歌辞三首》

生命是一首婉转的歌，光阴谱写了不同的调子。时光一圈圈地轮转，数十载的年华已在陶渊明的生命中逝去。历经生命的跌宕起伏，陶渊明渐渐地感到了疲惫。前几年写《荣木》的时候，陶渊明就感觉自己已经老了，盛年不再来，他身体里的那股力量，不再向上攀升，而是开始在岁月里静静沉淀了，他生命的音符，再不似曾经那般灵动，而是变奏成沉静哀婉的调子。

在将近知天命的年龄里，他不仅看到了生命的衰老，而且望向了生命的尽头。

生命终有消亡时，看尽朝暮轮回，方可知，死亡是生命必经之路，无须忧伤，无可畏惧。一朝归去后，灵魂将走向另一个世界，枯干的肉身，会同那枯干的植物一般，归于尘土。亲朋好友嘶声悲哭，他终究成了前尘的记忆，永世不复重来。看透了死亡，也就容易看淡人生。今生荣辱苦乐，也就没有那么重要了。

顺从本心，顺其自然，如此最好。

这几年秋叶泛黄时，陶渊明感到的不仅仅是窗外悲壮的凉秋美景，他也清晰地感觉到了自己的腿在隐隐作痛。这种隐痛，会贯穿整个秋冬，每一天，都在提醒着他生命走向衰老，第二年春天才会好转。他染上了风湿病，衰老的病根却深深地扎在了心底，再不可拔除。

病痛不可免，他学会了用酒来麻痹痛感，时间久了，酒香沁心，便再也放不下那种迷人的味道。他也更加理解外祖父孟嘉为什么喜欢喝酒了。

美酒，可以温润诸多情怀，诸多未及的梦，还有诸多难言的痛。

病魔缠身，疼痛中他聆听死亡的声音，点墨成诗，化成生命的挽歌。

挽歌是活着的人为死人送葬时写的，陶渊明却要给自己写挽歌，他要亲自给自己送葬。在世之时，已经开始思考身后事，可以看出是对死亡的淡然，亦是对生的无奈。

踏过死亡的关口后，一切又会怎样呢？他如斯思忖着，便提笔为自己写下了生命的挽歌。

第一首是写自己死的时候的情景。

"有生必有死，早终非命促。昨暮同为人，今旦在鬼录。"

他知道，每一个明天，都是一个无可未知的将来，转眼间，亦可能生命消亡，撒手人寰。他觉得有生则必然有死，这是自然规律，这并非宿命的安排，何时归向万里尘埃，都不过是一种自然的现象而已。

昨天还是人，今日可能就没了命，这一转变不过是隔了短短的一段时光而已！生命本来就是很脆弱的，随时都有可能消失，一种自然的轮回，生命尽了，魂也就散了，只剩下一副枯骨静静地躺在棺椁里，宿命之说又以何为依据。

"魂气散何之，枯形寄空木。娇儿索父啼，良友抚我哭。"

陶渊明不相信人死后还有灵魂，他是一个十足的唯物主义者。此生已无憾，不过，他最惦念的，是他的孩儿们。大儿子阿舒也不过十岁，自己若是死了，他们一定会难过极了，还有那些好友，也会抚摸着自己的棺木痛哭。

"得失不复知，是非安能觉！千秋万岁后，谁知荣与辱？"

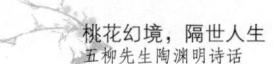
死亡是无涯的永恒，他所想象的这种种情境，终究是不得见了。生命尽时，这世间的是是非非，这红尘的风云变幻，都将和他再无任何关系了。这一生的荣辱，会淹没在历史的烟尘中，彻底沉寂，待到千秋万载过后，也许无人知道，他曾经来过。

"但恨在世时，饮酒不得足。"关于死亡，值得思考的事情着实不少，不过，这些实在都不必计较，他只是遗憾，活着的时候，酒喝得少！他的魂魄，恋恋难舍地缠绕着那一缕缕酒香，始终不肯放开。

第二首是写祭奠入殡的情景。陶渊明想象着众人给自己祭奠入殡的场面。

"在昔无酒饮，今但湛空觞。春醪生浮蚁，何时更能尝！"

祭奠的杯子里注满了香醇的美酒，但死去的生命，却再也无法闻到诱人的酒香。那浮起的酒糟，就像蚂蚁似的密密麻麻，可什么时候还能品尝到呢？生命已经结束，世事都归于沉静。

死亡，是生命的结束，亦是一种安宁的寂灭，红尘往事，尘埃落定之时，他心中，更渴望一种安宁。

"肴案盈我前，亲旧哭我旁。欲语口无音，欲视眼无光。"

他在想，即便真有不灭的灵魂，又有什么好处呢？看着美味佳肴摆在祭奠的桌案上，就是不能吃，看着亲戚朋友在遗体边哭泣，也不能安慰。他只有清楚地感受着他们的痛，无能为力。

"昔在高堂寝，今宿荒草乡……一朝出门去，归来良未央。"

说出的话，再也没有人能听到……与其让灵魂如此饱尝痛苦，倒不如亘古地长眠好了，于人于己，皆心安。只是那时光中的漫漫长夜，身处孤冷的荒郊，实在清冷孤单！

第三首是写给自己送葬的情景。

"荒草何茫茫，白杨亦萧萧。严霜九月中，送我出远郊。四面无人居，高坟正嶕峣。马为仰天鸣，风为自萧条。"

茫茫一片的荒草，萧萧作响的白杨，寒霜初降的九月，把我的灵柩送到野外去安葬。四面无人居住，只有重重叠叠的坟墓。马在仰头长嘶，风在萧瑟作响……他的生命，已经踏上了不归路。

"幽室一已闭，千年不复朝。千年不复朝，贤达无奈何。"

他的灵柩已经放到了坟坑里，亲友们将替他关上最后一道门。这最后的一道门，将他隔绝了人世红尘，从此后，千年万年也见不到阳光。

芸芸众生，不管生前是奸佞还是贤良，是显贵或者窘迫，最终的结果都一样，都是被关在幽暗的棺材里，走进那永远的黑暗。

死别，是一场隆重的礼。一切结束后，送葬的人们，各回各家，唯独留他这一副棺椁在荒野中。

"向来相送人，各自还其家。亲戚或余悲，他人亦已歌。"亲戚朋友或许还悲哀得长久一点儿，别的人只怕在回去的路上，眼泪便已风干。而后在那娇艳的日子里放声高歌。

"死去何所道，托体同山阿。"迈过死亡的门槛后，这一切都将与他无关。他的身体将同山川大地融合在一起。死亡，不过如此而已。

既然生已无大欢，死亡，又有什么可畏惧？

闲时，容易多愁，陶渊明忧愁地思量着一些身后事，然后泼墨成诗，自顾自地品吟着。可终究，生命还未到尽时。明天可能就会有一把死亡的钩子，明天亦可能藏着一个腾达的机遇。

这两天，叔父陶夔又来信了，一纸信笺静默地摆在桌子上，陶渊明不用想就已经知道这信中的内容，一定又是叔叔劝他出去做官。这件事，似乎是叔叔与他今生唯一的话题。

桓冲死了以后，陶夔到京城做了太常卿，并且在京城扎下了根。由此一来，他的官路也算是稳了。这几年他寄了许多信来催陶渊明到京城去试试，朝廷里一有机会就能帮他谋职。这是他始终惦念在心的事。

陶渊明始终因老母年事已高、儿子又多又小等诸多顾虑，没有迈出那一步。更何况，走入官场，等于卷入一场旋涡，一语不慎，就可能生命不保。

回想起当年在京城亲眼看到庾、殷两家几百口被满门抄斩的场面，回

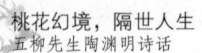

想起三位皇子的尸体吊在杨树上随风飘动的情景，他就不寒而栗。官场的荣华光鲜背后，是黑暗与死亡的召唤。

陶夔还是始终不放弃说服陶渊明去做官这件事，而陶渊明却不堪其忧，早就下决心一辈子不到朝廷去做官。

生命的精彩在于，它总是会给人一些意料之外的心灵震颤。原本以为，今生都厮守这山水田园，但那一日，打开陶夔的信笺后，陶渊明动心了，心中有一抹火光，快速地闪过。

信上说，桓玄已经做了江州刺史，陶夔推荐陶渊明去投奔桓玄。

近几年陶渊明从街谈巷议中不断听到桓玄的事迹，大家都说桓玄"形貌环奇，风神疏朗，博综文艺"，有乃父之风。陶渊明对他的印象也比较好，因此，他的心缱绻出一丝不安的躁动。

外祖父孟嘉做了桓温多年的僚佐，叔父陶夔又在桓温、桓冲帐下做了多年的参军，凭着这两层关系，带着叔父的介绍信，想必桓玄是会收留他的。如果真的能投奔贤明之主，那么自己的满腔抱负，就有机会实现了。

"四十无闻，斯不足畏"，既然生命未到尽时，就应该凭着最后的力量试一试。济世救民匡扶天下的抱负，在陶渊明心中始终没有泯灭，他毕竟是长沙公陶侃的后代，又生在山河破碎、五胡乱中华的时代，怎能没有一腔热血呢？

只是自己一走，家中这老老小小怎么办？翟夫人只怕累死了也忙不过来。家里没个男人实在不行，总要托付一个可靠的人才能放心。他想来想去，觉得只有找堂弟陶仲德了。仲德爽快地答应了，让陶渊明放心去做官，家里他一定帮着照应。

于是，陶渊明打点行装上路了，希望的火烛在胸中燃烧。每一个开始都对应着一种结局，前途未卜，未来一片迷蒙，但他已经选择走下去。

时光驱着历史的车轮缓缓地碾过。这一年，陶渊明已经四十七岁了。在将近知天命的年纪里，他又试着闯了一闯仕途。而此时，他奔向的不仅仅是一个官位，而是一个兼济苍生的浮图。

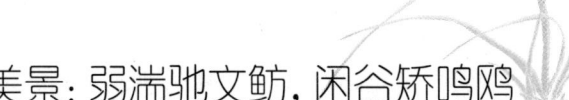

美景：弱湍驰文鲂，闲谷矫鸣鸥

开岁倏五十，吾生行归休。

念之动中怀，及辰为兹游。

气和天惟澄，班坐依远流；

弱湍驰文鲂，闲谷矫鸣鸥。

迥泽散游目，缅然睇曾丘；

虽微九重秀，顾瞻无匹俦。

提壶接宾侣，引满更献酬；

未知从今去，当复如此不？

中觞纵遥情，忘彼千载忧。

且极今朝乐，明日非所求。

——陶渊明《游斜川》

生命中总会有一些美好的景色，温暖你苦涩的心。

光阴逆流，在诗文墨香中回望前朝往事，心中必定无限感慨。

那一日，风轻云淡，风光景物都格外宁静优美。静谧的山光水色交相辉映，悠悠地流淌着一种原始自然的沉寂。

在这和美的日子里，陶渊明与两三位邻友，一同游览斜川，面对悠然远去的流水，眺望曾城山，眉宇间却露出愁色。因为，他看到心中刚刚燃起的

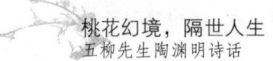

希望之火在渐渐熄灭。

桓玄终于还是让他失望了，他想起了不久前投奔桓玄的事。原本，他认为桓玄是个贤明且富有圣德之人，可他所接触到的那个人并非如此。期望与现实形成了一个巨大的落差，就如同眼前这高耸的山峰与平地之间。

记得当初投奔桓玄时，桓玄正屯兵夏口。那是次漫长的旅途，陶渊明跋山涉水半个多月才到。可是，他心中始终疑虑，桓玄已经是江州刺史，为何要坐镇夏口呢？想不明白，他只有一探究竟。

终于，陶渊明来到桓玄所在之地，还未进入桓玄的中军大帐，他就听到里面的歌舞之声。他以为桓玄一定是在宴客，然而，帐中只有桓玄一人在欣赏两队美女的歌舞，面前的几案上摆着美酒佳肴，身边侍女在劝酒邀宠。陶渊明只觉得迈进军帐的腿再难以向前挪动了。

"盛名之下，其实难副"，这是陶渊明对桓玄的初见印象。他逐渐认识到自己走错了一步棋，桓玄，不是他想要追随的人。但已经身在曹营，无可奈何了。

当希望变成了失望，陶渊明在桓玄手下的每一个日子，便都成了煎熬。

又是一年飘雪的日子，桓玄让陶渊明休假回家过年。回家后，陶渊明看到老母已经瘦得不成样子，拄着拐杖，走起路来颤巍巍，身子驼得厉害，眼角布满了岁月的皱纹。

母亲看了他一阵，好不容易才认出来，嘴唇哆嗦了半天，才说出一句话。那微弱的语句，字字都烫在陶渊明的心上。入夜，夫妻同眠，他感觉翟夫人的身体又消瘦了许多，他的心里很不是滋味。

陶渊明意识到，这个冬天母亲是好不容易才熬过来的。母亲命数将尽，让他感受到了生命无常的悲哀。他又蓦然想到，过了新年，自己也已经五十岁了。

子曰："吾十有五而志于学，三十而立，四十而不惑，五十而知天命，六十而耳顺，七十而从心所欲，不逾矩。"

陶渊明，终于醒悟，他的命运，不属于这朝堂，他的灵魂，始终系挂在这自然的风光之上。

诸多思虑，在心中氤氲成一片阴霾。而官场的黑暗，是他无法改变的，既然如此，倒不如好好地享受这眼前大好时光。

斜川这地方很美，陶渊明在序中赞叹："鲂鲤跃鳞于将夕，水鸥乘和以翻飞。"

夕阳中，鲂鱼、鲤鱼欢快地跃出水面，鳞光闪闪；水鸥乘着和风自由自在地上下翻飞。那南面的庐山久负盛名，已经不再需要他为它吟诗作赋了。

诗中也说："气和天惟澄，班坐依远流；弱湍驰文鲂，闲谷矫鸣鸥。虽微九重秀，顾瞻无匹俦。"

碧空澄澈如洗，天气晴好，阳光投过树叶，斑驳地照映在树林里。陶渊明和几位好友依长幼次序围坐，依傍着潺潺溪水。

鱼儿在清凌凌的溪水中来回地游动，美美地享受那一刻的悠闲，鸟儿在幽静的山谷欢快地鸣叫。浩渺的湖水荡开了远眺的目光，每一个人心中，都盘旋着自己的思绪，远远地绵延到云霄之上。

曾城山，高耸挺拔，无所依傍，秀丽地独立于平泽之中。遥想那神仙所居的昆仑曾城，就更加喜爱眼前这座山的美名。美景名山不足以尽兴，于是即兴赋诗，抒发情怀。

各位游伴分别写下年龄、籍贯，并记下这难忘的一天。

陶渊明想的是："开岁倏五十，吾生行归休。"

岁月一去不返，令他感到悲伤；美好的年华将会渐行渐远，让他感到内心凄凉。光阴一晃就是五十载，人生能有几个五十年？尤其身处乱世，朝不保夕，如此想来，他觉得自己这一辈子，似乎快过完了。

孔子说，五十而知天命，可他一点儿都不知道将来的命运，不知道前途在何方。

"提壶接宾侣，引满更献酬；未知从今去，当复如此不？"提起酒壶大家互相传递，斟满了酒又互相敬贺，欢颜笑语，乐不胜数。这般光景，让他

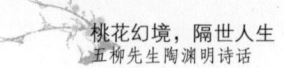

们不得不沉醉。只是，欢欣之余，心中生出惋惜，他们不知道明年的今日，是否还能相聚，欢乐如此时。

"中觞纵遥情，忘彼千载忧。且极今朝乐，明日非所求。"人生不满百，何必怀着千年万古的忧患，生命几十载的包袱已经足够沉重，烦恼和忧愁就该统统忘掉，暂且畅享今朝的欢乐，未来如何不必强求。未来已无寄望，唯有高唱活在当下的赞歌。这，是潇洒，亦是绵愁。

陶渊明想借酒消愁，可心境若是荒芜，便再也开不出绚烂的花。

晴好光阴，美景之下，他却满腹愁云。人生苦短，再美的光阴也终将逝去。一首委婉的诗，一缕缕诉不尽的忧。这首诗反映出他在桓玄幕府中的心情是相当苦闷的。飘摇乱世，生命尤为珍贵。然而，报国无望，使得人生又充满了矛盾。

也许，山林、田野，才是他生命最终的归宿。

第二章

闲情静思：遂与尘事冥

隔世：闲居三十载，遂与尘事冥

闲居三十载，遂与尘事冥。

诗书敦宿好，林园无世情。

如何舍此去，遥遥至西荆！

叩枻新秋月，临流别友生。

凉风起将夕，夜景湛虚明。

昭昭天宇阔，皛皛川上平。

怀役不遑寐，中宵尚孤征。

商歌非吾事，依依在耦耕。

投冠旋旧墟，不为好爵萦。

养真衡茅下，庶以善自名。

——陶渊明《辛丑岁七月赴假还江陵夜行涂口》

命运的线千回百转，每一个人一生都会辗转多处。涂口（今名金口，在湖北武昌附近），陶渊明的生命曾经过那里。他的心，他的情，也深深地陷在那一刻。

人生路上，起起落落，跌跌撞撞，在这个无边的夜色里生出无边的惆怅，夜色挽着惆怅缓缓上升，回不到过去，跳不到未来，他迷失在眼前的夜色中。

生命无常，陶渊明必须再次出发，去寻找终极理想的灵魂家园。他即将离开世事之外的故乡，走向远方。

公元四〇一年，辛丑岁，晋安帝隆安五年，陶渊明仍在桓玄幕府里供职。其间，他请假回家。

然而，这一次的归来，却让母亲在欢欣之余，多了些担忧。在家里待了没几天，母亲就催促陶渊明赶快回去。

陶渊明纵有满腹心事，也不能对老母明言。有些事，需要他独自承担。他只好拖延几天时间，再多汲取一些来自家园的温暖，抚慰在官场中苦受冰寒的心灵。

望着母亲那一双日渐浑浊的眼，他知道母亲的病已经很重了，也许，这一次转身上路，便会成为母子今生的永别。可是时不待人，他还未尽足孝道，怎能忍受母亲就这样老去。思虑重重，陶渊明心中有着太多的不舍。

家乡的日升日落，总是那么美，陶渊明陶醉在家乡的美景之中。然而，母亲却越发焦急，问陶渊明到底是怎么回事。陶渊明无奈，为了不再给母亲添愁，便匆匆上路。

上一次前行，陶渊明还满怀憧憬。这一次，他却不愿离开家园，一想到桓玄的江陵幕府，他的心中就满是苦涩。纵然悔恨，也无可奈何了。

眼前，浔阳已经在桓玄的势力范围之内，陶渊明已清楚地知道，桓玄并非他理想的明主，他所走的，是一条茫然的黑暗之路。但是他却不能不走，不去桓玄的幕府，若是把桓玄惹恼了，这个心胸狭窄之人恐怕会迁怒他一家老小。权衡利弊之下，他只能在幕府里硬着头皮继续周旋了，只是可怜了自己的母亲和妻子，她们还盼望着他能够飞黄腾达。然而他知道，那一场衣锦荣华的梦，已经破灭了。

七月，再次返回江陵的官府。这一条水路悠远而绵长，就如他满腔的悔恨，汪汪洋洋地，流向未知的远方。小船在长江中逆水而行，在这样一个月明风清的夜晚，来到了涂口，满腔愁绪，郁结在胸口，于是陶渊明写下了《辛丑岁七月赴假还江陵夜行涂口》这首诗。他深深地怀念起田园的好，没

有世俗牵绊，没有欲望和功名……

然而，在这个花香冷月夜，他却不得不登船离去，月的冷光映着他的满心冰凉，凉风似从时光深处吹拂而来。

安心之处，即是吾乡，陶渊明，他的安心之处并非尘世。人事纷杂的红尘对于他来说，都是一处异乡。他的故乡在山水田园之间，在乱世之外，在浩渺心海。

江陵，只是一个去处。他的灵魂并不属于未来的某处，他只属于自己，那个宁静的思想者的世界。

"闲居三十载，遂与尘事冥。"闲逸久了，他的灵魂也扎根在田园里。告别尘世多年，他已渐渐看清了自己的内心。他知道，无论走向何方，终有一天，他会跟从自己灵魂的召唤，回到他梦中的"故乡"。

从前，他的人生，尽是简单的步调。从二十岁游学回来到投奔桓玄之前，除了在江州刺史府干了几个月祭酒，他已经在田园里闲居了快三十年。三十个春秋更替，三十载四季轮回，纵使岁月平淡如水，却始终清爽舒畅，红尘俗世里的人情世故，早已在他的心中淡远了。

至此，在经历了痛苦的官场生活后，他忽然明白，那三十载的光阴，才是他最想要的人生。曾经的每一个日子，回想起来，都是一种幸福。春归燕鸣之际，和着清风微云，在田间躬耕，看着百草疯长，百花怒放，听着虫儿窸窣，鸟儿欢鸣。繁华盛夏，他可以在树荫下纳凉读书，在轩窗前独酌。硕果之秋，看遍烂漫金色，尝尽喜悦。肃杀隆冬，万物归于沉寂，他亦可以在寂静里无限遐思，品味人生岁月……

曾经的日子，是多么逍遥快活，可那些美好，已经离他越来越远了。

他不禁反问自己：为什么舍弃自己的家园，跑到遥远的江陵，去圆一个虚妄的梦？

并非陶公消极，只是，这萧然乱世，注定了，兼济苍生，只能是个永远实现不了的梦。满腔热血，终会化作一把沧桑的山河泪。

"叩枻新秋月，临流别友生。凉风起将夕，夜景湛虚明。昭昭天宇阔，晶晶川上平。怀役不遑寐，中宵尚孤征。"

江水悠悠，他坐在小舟中，看船夫摇动双桨，击碎了映在江心的明月，波光粼粼地，成了一片破碎的光影。

他迎着滚滚的长江水逆流而上，身后的家乡越来越远了。他心中的牵挂，让他的每一步前行都格外沉重，他牵挂着老母和妻儿，也忘不了那些可爱的朋友。那些欢声笑语，在这个清冷的夜晚浮现在眼前。

傍晚时分江面上的微风多么清凉舒爽，夜色静美，是如此的清澈空明。粼光闪闪，波平如镜，这么美好的初秋之夜，若是在家园和几个朋友一起泛舟江上，共赴江心赏月，美酒满舫，看尽这天上人间的极致美景，那该是多么惬意的人生乐事。可纵然再多留恋和想象，如今他已无奈孤身一人，在赶赴桓玄幕府的路上了。

眼前如诗如画的景色，他已无心赏阅，只有一声又一声地叹息。抱负未成，反被其累。他的心，始终被桓玄幕府中的那些琐事搅扰，不得安宁。愁闷像是被拆散的一轴线，纷纷乱乱地绕在了他的心头。

"商歌非吾事，依依在耦耕。投冠旋旧墟，不为好爵萦。养真衡茅下，庶以善自名。"

官途，未经之前，陶渊明的心中总是会缱绻诸多期待。然而，再次入世为官，饱经了失望和折磨后，他才明白，功名利禄，衣锦荣华，并非他所能负累的。他知道自己并不能像卫人宁戚那般，唱一曲商歌打动齐桓公。对于他来说，耕田锄地他更擅长。他那颗纯净的心灵，注定了要归于山林田园。

田园的静雅生活，时时刻刻都会闯进他的思绪，在他灵魂深处发出一声声清澈的召唤。衡门茅舍里才能够修身养性，他觉得，也许可以用高洁的善行来建立自己的声名。

闲居多年，尘事渐远，"如何舍此去，遥遥至西荆"，他正面对着自己灵魂深处一次次地拷问。月光照映着清澈水面，却照不清楚自己的心。夜色笼罩着这九州大地的一场酣梦，唯陶公独醒。他必须孤独地面对这场纠结

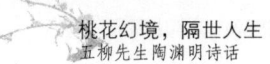

的人生选择。

"怀役不遑寐，中宵尚孤征。"身处这茫茫尘世，他始终摆脱不掉深深的寂寞。一个孤独的诗者，他的心里装着官场上的事情，这令他备感孤独，难以入眠。

诗人都有精神洁癖，一个干净的灵魂是断然不能接受一个混乱污浊的尘世。

一顶官帽顶着太多尘世污垢，他的心在渴望着摘掉这官帽，做个顶天立地的山野之人。

行至涂口时，陶渊明已经辗转官场多次。他发现自己追求的生活，就在他身后不远处的家园。他对前方的路途产生了深深的怀疑。他在官场里找不到自己。自由之火在他的心中攒动，官场让他身心疲惫。

这个夜晚是陶渊明一生的思想转折点，他终于明白了：肮脏黑暗而又动荡险恶的官场，实在不是自己应该待的地方，他终生的归宿是在田园里，做一个自食其力的农夫。纵使生活偶有贫困，那也是一种纯净的幸福。

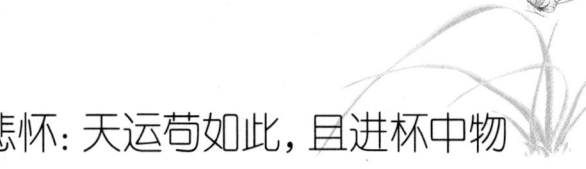

悲怀：天运苟如此，且进杯中物

白发被两鬓，肌肤不复实。

虽有五男儿，总不好纸笔。

阿舒已二八，懒惰故无匹。

阿宣行志学，而不爱文术。

雍端年十三，不识六与七。

通子垂九龄，但觅梨与栗。

天运苟如此，且进杯中物。

——陶渊明《责子》

一种苦难，终于被另一种苦难所代替。陶渊明，一直在等待一个机会，离开这黑暗的政治，离开这虚伪的官场，回到田园间，享受天伦之乐。

他的机会来了，却是得到了一个全痛的噩耗。

陶渊明外出归来时已是傍晚时分，晚霞如血般洇红了半边天，漫天笼罩着一种凄艳，仿佛是一种昭示。

这一边，江上灯火通明，如同白昼，却透着一种冷光。

水兵正在操练船攻，规模宏大，气势磅礴，这样的阵势是陶渊明四年来从未见过的。兵船往来无数，密密麻麻一眼望不到头，船上牙旗、帅幡、旄旌迎着江风招展，有如一片茂密的森林。眼前的一切，震撼了陶渊明的

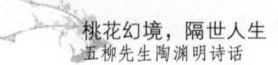

心，他已经预感到一些什么，却始终不愿说出口。

那种想法，在陶渊明的心中盘桓缠绕，接下来的日子陶渊明在幕府中坐立不安，度日如年。

转眼，两个月过去了，到了秋收时节，陶渊明又念起了家乡的秋。这里的秋色多是肃杀之气，而家园的秋，却布满了浪漫的金色，硕果累累，到处是喜悦。

在这个收获的季节里，桓玄突然下令，断绝长江航道的漕运，商人旅客都不能自由往来，所有过往船只都要经过都督府盘查，运粮船一律扣押。

陶渊明悬在心中好几年的疑惑，终于有了答案，他在心中默默说道："桓玄必反。"一个危险的猜想，终于闯进了现实。

陶渊明焦虑不堪，更后悔去又复还，他万分思念桑梓家园和老母妻儿，思念过去的闲居耕读生活，只在心中默默祈祷着，祈祷桓玄尽量晚一点儿发兵，祈祷自己能有逃脱的机会。

到了这年冬天，机会终于来了，却是以沉重的代价换来的。陶渊明接到家书，打开一看，是母亲去世的消息。寒风夹着噩耗，冷冷地吹入了陶渊明的心，从此他们天人永隔。然而，悲痛之余他又庆幸，因为，自己终于得以有机会平安逃脱，离开那个暗无天日之地。

在古代，凡事以孝为先，父母去世后子女都要守孝三年，做官的都要将官职辞去，回到家乡守孝。这是朝廷的通例，亦是古已有之的道德规范，桓玄当然不能不遵守，更何况，陶渊明并非他的心腹，所以，他的去留，对桓玄并无太大影响。

就这样，怀着对亡母的悼念之情，陶渊明驾上了一叶扁舟，安然离开了桓玄的都督府，离开了江陵，回到了自己的家园，躲开了一场即将到来的政治的血雨腥风。

陶渊明回到浔阳，办完母亲的丧事，转过年就得知了朝廷准备讨伐桓玄的消息。

他见过司马元显，知道他是什么人物，又亲眼目睹了江南八郡在孙恩起义后"白骨露于野，千里无鸡鸣"的惨状，更清楚桓玄的军事实力，自然为朝廷挑起战争而担心。

可是他的心装得了天下，却不能阻碍历史的车轮，该发生的，还是发生了，战火为那一段历史撒满了滚滚的烟尘。

陶渊明身处田园，望着那纷乱的尘世，心中不免凄凉。关于报国、兼济苍生的理想，他此生已无望了。他是个唯物主义者，断然不可能将希望寄于来生，只有将之寄于自己的后代。

离家多年，再回来，已经物是人非。同妻儿相聚之时，他的心中也增添了不少惆怅，几个儿子都长大了，但都不成器，于是他写了前边那首《责子》诗。

诗词文墨是陶渊明的命，他的长子阿舒已经十六岁，却不喜欢提笔写字，这让他觉得仿佛血脉断了，他无奈地叹息；再看二儿子阿宣，如今阿宣已到了孔夫子"有志于学"的十五岁，却懒惰得不成样子，这样一个孩子，怎么能肩负起救国救民的责任；老三老四这一对双胞胎，都十三岁了，却连六和七都分不清楚；小儿子阿通也已九岁，却只知道寻找鸭梨和板栗。

这样一群孩子，陶渊明只能对着他们一个个地摇头，哪敢寄予厚望。

孩子是无辜的，"子不教，父之过"，陶渊明只怪自己这几年不在家，把儿子们的学业都荒废了。而且，这几年，他在黑暗的官场周旋，不但未得功名利禄，还落得满心伤痕累累。几年的光阴，历尽沧桑，既愧对妻儿老小，又徒劳了这美好的时光。

高堂老母已经驾鹤西去，自己也年过半百，在经历了种种过往后，"白发被两鬓，肌肤不复实"，他当真是看透了这辈子的生命轨迹，再加上儿子是这样的状况，陶家的门楣，不知道何年才能光耀。

反复思索，他的心被诸多烦愁缠绕着。然而，烦愁多了，他便放松了。既然命运如此安排，自己又何必发愁呢？还是痛痛快快地举杯畅饮吧，放下那世间闲愁，醉在这温柔的时光里。

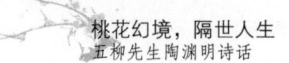

倾诉：寄意一言外，兹契谁能别

寝迹衡门下，邈与世相绝。顾盼莫谁知，荆扉昼常闭。

凄凄岁暮风，翳翳经日雪。倾耳无希声，在目皓已洁。

劲气侵襟袖，箪瓢谢屡设。萧索空宇中，了无一可悦。

历览千载书，时时见遗烈。高操非所攀，谬得固穷节。

平津苟不由，栖迟讵为拙？寄意一言外，兹契谁能别！

——陶渊明《癸卯岁十二月中作与从弟敬远》

风云乱世，血雨腥风，权力和欲望攀爬着，越过人性的山峰，摧毁了忠诚。公元四〇三年，桓玄的野心愈加膨胀，他自称相国，封楚王，封地有十郡。他贪婪的双眼一直注视着皇位，东晋江山已经渐渐被他攥在手中。一番政权斗争后，东晋安帝献上国玺，禅位于桓玄。国玺的交递只需要一瞬间，而这一瞬间里却凝结着一个王朝的悲伤。

这年的冬天格外寒冷。桓玄篡位，国号易楚，他把皇帝贬为平固王，逐出建康，赶到浔阳。

回到家乡后，陶渊明的生活归于平静了，而田园之外却是风云变幻。田园里常会传来外面的消息，如今的陶渊明，会认真地聆听，却是一个十足的看客。他的心依旧会被那些风云牵动着，但却心静如水，他再也不会奔赴乱世了。

陶渊明听说，桓玄收拾了司马道子父子，夺取了朝廷大权。刘牢之、孙恩被消灭后，在桓玄眼里，整个东晋王朝，都没有人是他的对手。

腊月里，陶渊明听到桓玄已经篡位称帝的消息，简直不相信自己的耳朵。东晋王朝，就这样易主了，如同一个玩笑，让他始终难以接受。

陶渊明曾经做过三年的记室，与桓玄朝夕相处的日子实在不算短。三年，他已经对桓玄有了一定了解，但还是没想到他会这么快就篡位称帝。陶渊明暗自忖道：他是急昏了头了。他默念着这句话，眼神空洞茫然地望着朝廷的方向。

新年里，千家万户都格外热闹，而他的心中却是一片荒芜、寂寥。窗外爆竹声声，陶渊明却反复思忖着朝廷中的政事。他心如明镜，桓玄的帝位肯定是坐不长的，因为一旦称帝就成了全天下人的靶子，黄袍加身，指点江山，纵然是气吞山河般畅快，但稍有不慎便会身家性命不保。

陶渊明清晰地预见到桓玄的王位很快就会被推翻，他感到悲哀的是：一场政治大动乱军事大博杀又要爆发，黎民百姓又要流离失所、家破人亡了。百姓是政治的牺牲品，为国家昌盛奉献终生，然而却要为权谋野心者承受生命之痛。

政治是一个舞台，舞台上每一天都会演绎各种悲欢剧目，或昌盛，或萧索。总之，这个舞台，从未宁静过。陶渊明曾满怀期待地走上这个舞台，然而却匆匆地走个过场，失望地离开了。

经历过，也就看透了，看淡了，如今，做个十足的看客，人生也倏地释然了。

事情思量多了，盘旋在心头，就舞墨成诗。

那年冬天的雪下得很大，陶渊明写了《癸卯岁十二月中作与从弟敬远》，送给他的堂弟。这该算是他一种独特的倾诉。

人生最怕孤寂，苦楚凝聚在心，时间久了，便汇成了苦海。满腔慨叹的陶渊明渴望一个倾听者，即使什么都不说，什么都不做，只是点头，或静静地聆听就好。

"寝迹衡门下，邈与世相绝。顾盼莫谁知，荆扉昼常闭。"桓玄是个篡

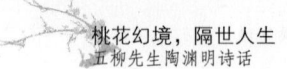
位不忠之人，而陶渊明恰好给桓玄做幕僚，他的心中充满了悔恨，却无从辩白。他是一个崇尚灵魂的人，却被桓玄的所作所为玷污。

那段灰暗的记忆，始终啃噬着他的灵魂。纵使在朗朗白昼，他也想把柴门关着，抛开尘世的烦扰，与世隔绝。这心中的苦闷，他也只能向敬远弟倾心诉说了。

思绪的浪潮一波一波地袭来。宁静的时光起了微微的波澜，陶渊明开始思考一些心事。

浔阳，一个平静的小城，如今已经陷进了历史的旋涡中。这样一个特殊的情境里，陶渊明的内心无法平静，他从美丽的南亩走出来，深深地感受到一种哀伤，世事悲凉，远比这寒冬更加寒冷。

人都说，冬天总会过去，春天很快回来。然而，这飘摇乱世，冰封了人的信念。这一个朝代的春季，将何时到来？

萧萧的寒风，吹乱了世界的节奏，嘈杂的声响掠过耳畔。

他的心中积压了太多的愁，无处宣泄。还好，敬远一直在他身边，他是陶渊明最重要的亲人之一，也是最知心的朋友之一，两人颇多志同道合之处。无论如何，有这样一个倾听者，对于陶渊明来说，可说是这寒冬中的一丝慰藉。

他所在之地，是一个罕见人迹、与世隔绝的地方。他住在这里，有时在白天也关紧柴门，就是想远离世事纷扰。不过有时，纷扰在心，而不在眼前。因为心中的那一份责任感，他感到了哀愁。

窗外的寒风伴着白雪在飞舞，舞乱了他同样阴霾的心。冬天的北风多么凄凉，飞舞的雪花已经遮蔽了天空。

雪一直下个不停，但风声却渐渐弱了下去，天空一片素白，带着一种冷清，世界仿佛也被沁得冰凉。陶渊明不禁慨叹，放眼望去，白雪茫茫，一片空寂，漫山遍野写满了哀凉和萧索，让人想起，生命终将化作尘埃归于尘土。

此情此景，又仿佛是冥冥中历史的昭示，陶渊明悲伤地想到了晋王朝。这个枯朽衰落的国家，曾经寄托着他一个关于苍生百姓的梦想。现如今，国之将亡，他的梦也碎落一地。

思考良久，世界变得更加安静，他在屋子里侧耳倾听，听不到什么声音，于是起身推开柴门，茫茫大地已经是一片皎洁……他感慨万千，如果这场雪，能够覆盖一切灰暗，寂寂无声地洗刷掉一切，他希望它将那段在桓玄幕僚的历史遮盖，换来一世洁白。

寒风吹来，钻入他的襟袖。他打了一个寒战，这提醒了他，他在过着糟糕窘迫的生活。不过，他担忧的倒不是自己的皮肉，而是家人的饥寒。他又想到，在冬天里饥寒交迫的不只是他一家，又想到，黎民百姓都要被折腾得够呛。

这剪不断的思绪让他惆怅，在空荡荡的房子里，整天都没有一件值得高兴的事情。

再次想到颜回。他不怕贫穷，怕的是自己的精神被异化。锦衣荣华、名利权势对于陶渊明来说，都是眼前浮云，他断然不会为了追逐这些缥缈的东西而丢失最真实的自己。

陶渊明读过了不少千年留存下来的古书，他在书中已经看过了不少纷纷纭纭的历史故事，也略为窥见了王朝兴衰的规律。所以他的心里清楚得很，桓玄今天是黄袍加身，万人敬仰，然而，灭顶之灾就在明天。这样的昏聩之徒并不能把握历史的脉搏，只能在乱世里，匆匆地走个过场。

如今，东晋已经亡了，他曾经兼济苍生的理想，也随着东晋的灭亡，淹没在历史的流光里。为今之计，只有在生命最后的时光里，好好地为自己活着。赏景、写诗、畅饮、读书……

对于读书，陶渊明有着自己独到的见解，他认为读书并非一定要用来博取功名，而是丰富见闻，陶冶情操。

读书志在圣贤，即使不能完全追攀得上古人高尚的情操，也要坚守住"君子固穷"的高节。即使饿得前胸贴后背，他也不会去趋炎附势、助纣为虐！

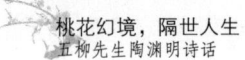

他的世界一片寂寥和苦寒，但却一直守着他心中最固执的坚持。他要守住心中这颗炙热的精神种子，播撒在亘古的时光里。任世事再悲凄，他还是不会放下希望。

他"历览千载书"，在书林墨香中寻得远古烈士的身影。他用古人先贤的精神补给自己的灵魂。既然此刻不能大展拳脚拯救天下，那么他便安于贫苦，坚守住心中美丽的信念和希望，传承下去。

他说，如果我不能行走在平坦的人间大路上，那么还是栖居在田园里吧！这是他心底最真实最无奈的慨叹。理想和现实间总是隔得很远。

他将心事天马行空地说了一通，最后不禁叹了一句：敬远弟，我的这些疯话，除了你，还有谁能理解？

春兴：鸟弄欢新节，泠风送馀善

其一

在昔闻南亩，当年竟未践。

屡空既有人，春兴岂自免。

夙晨装吾驾，启涂情已缅。

鸟弄欢新节，泠风送馀善。

寒竹被荒蹊，地为罕人远；

是以植杖翁，悠然不复返。

即理愧通识，所保讵乃浅。

其二

先师有遗训，忧道不忧贫。

瞻望邈难逮，转欲志长勤。

秉耒欢时务，解颜劝农人。

平畴交远风，良苗亦怀新。

虽未量岁功，即事多所欣。

耕种有时息，行者无问津。

日入相与归，壶浆劳近邻。

长吟掩柴门，聊为陇亩民。

——陶渊明《癸卯岁始春怀古田舍二首》

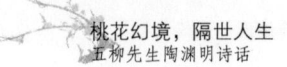
微风白云，春雨暖日，春季里的景色总是会带给人无限欢欣。而政治的舞台上，却不论四季，从来都少不了权力与欲望的厮杀。

公元四〇二年的年初，朝廷在平息了孙恩的叛乱后，决定把图谋篡位的桓玄铲除掉。权臣司马元显起用刘牢之做前锋，讨伐桓玄。

没想到，这刘牢之存有私心，害怕事成之后，自己不但无功，反而会遭到清算。同时，他也想借桓玄的力量颠覆朝廷，再趁机夺权。于是，他临阵倒戈，不战而降。桓玄从而得以顺利东下，进入建康，并相继杀掉了司马元显和司马道子，自任太尉，总揽朝政，加紧了篡权的步伐。

当时，陶渊明在家中为母守孝，已不在桓玄的手下做事。红尘浮世，他已不想再去沾惹。在那黑暗的官场里，他已经彻彻底底地品到了失望的滋味。陶渊明继续在家服丧，过着宁静的生活。看尽生命轮回，看破尘世浮云。再多挣扎都是虚妄，倒不如顺从自然，顺从本心，自由地生长。那才算得上是真正活着的人生。

转眼间，又是一年春回大地，一个充满希望的季节，生命将开始一个新的轮回。陶渊明要出去种田了，他需要足够的粮食填饱这一副皮囊，支撑琐碎的家庭生活。

早春的南亩，一片微冷，万物隐隐地萌动着勃勃生机，在土地里酝酿力量。风会带来生命的消息，待一阵柔软的微风拂过，种子迅速地破土而出。澄澈的空气中，也带着春日里独特的气味，使人心中一片惬意悠然。

陶渊明沉浸在这一片静逸的春色中。他望着碧蓝的天，幽微的云，身旁又有一坛米酒做伴。他偶尔啜饮几口，借以忘记那心头的烦恼，将自己沉醉在美景中。

陶渊明身处在这田野之间，他一面享受每一分惬意，一面又心怀怅然。这天下沉浮轮转，他终究是难施寸力。曾几何时"兼济苍生"的愿望，也渐渐落空了，散在那辽阔的天空里，看不见倒影，听不到回声。如今，热血被尘世冷却，他变得越发平静。

他的平静，是经世沉浮后的绝望，是绝望后的淡然。好男儿志在四方，

而如今他归隐这田亩之间，是他无奈的放弃，亦是灵魂的皈依。

"屡空既有人，春兴岂自免。"他再次提到《论语》里"屡空"的颜回。他喜欢自给自足的农耕生活。贫穷并不能成为他的苦恼，他安贫乐道，这样辛苦躬耕的生活反而让他觉得安心。

安心，何尝不是人生中一种美好的境界。张望古时，乱世乱了人心，人们在政权纷乱、战争割据中受尽苦难。然而，在安稳的时代里，名利诱惑，却在时时蛊惑人们。安心，已经成为浮躁社会里的奢侈品。

所有心中的疲乏，都是因为舍不得、放不下。

我们多久没有平静了？

富贵的生活里，却养了一个贫穷的灵魂。文明的发展究竟是进步还是后退了。很多时候，当欲望获得更大满足的同时，生命最真实的东西也在流失。于是，我们开始拨开历史浮云，看一看陶渊明。

他从村落清新的晨曦里一路走出来。驾好车马，向田间出发，路上鸟鸣悠然，风中弥散着花草香。在这晴朗的春日里，人的心似乎也柔软了许多。初春凉意让人清爽，绿树如烟，淡淡地，绕在人心头。那快乐，当时当景，当是那人自己懂得，是任何语言都难以描绘的美好。

田地上的白雪潮水般退去，荒草覆盖了冬后大地的无数小径。遥遥远望，没有人迹，他的心中却充满欢愉。远离那些曾经的繁华和荣光，他由衷地感受到心灵的愉悦。

他写"是以植杖翁，悠然不复返"。这位植杖翁，是《论语》里孔子口中有名的隐者，就是说孔子"四体不勤，五谷不分"的那位丈人。孔子对他进行过严厉的批评，说他"不仕无义"。

写到这里，陶渊明忽然觉得很惭愧，"即理愧通识，所保讵乃浅"，所谓人生的通识并不是什么值得骄傲的事情。

隐，还是不隐，这个问题一直在纠缠着陶渊明的心。他的灵魂里藏着两个灵魂，一个心怀高志拯救苍生，一个心向自由，渴望山林。每当陶渊明走到人生的岔路口时，它们总会一同出现，撕扯着他的心。

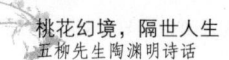

陶渊明时常会陷入困扰，这个世界里，功成名就是一种伟大的追求，也是他血液里流动的渴望。

在当下，他知道自己并未完全放下，他虽然向往归隐，享受那种生活的恬淡。但是偶尔想起苍生大计，他的心中还是会涌起些许的愧疚和不安。在一些安静遐思的瞬间，那些思绪就会沿着缝隙溜到他的心里。撩拨着他的思绪，为他氤氲出一个大展宏图的幻象。

有些时候，问题的答案即使想破了头也不会出现，唯有交给时间。既然他找不到一个确定的答案，思来想去，终究是烦恼，那么想不透的，就干脆暂且放下。

他将烦恼抛在脑后，把力气投入到一天的劳作中。农具在青草的气息里复活，农人们纷纷来到此地开荒，有的还帮他种地。他们一齐流汗，一齐舞动农具，一齐忙碌到日落。

"平畴交远风，良苗亦怀新"，这风中的美丽原野让人沉醉。他的心随着万物生命在舞动。只有纯净旷达的心，才能得到这至美的景。

日入西山，他跟农人们结伴而归。黄昏将他们的身影一路拉扯得很长，他不忍离去。这日出而作、日落而息的母体生活，就是最圆满、最完美的生命。不知不觉间，太阳已隐入山谷。吃晚饭时，他们一起喝酒。时光在他们的身边迅速流逝。

时光就是这样，心灵痛苦拉扯时，它也会被拉扯得很长。而快乐时，它就像是跳动的音符，隐在空气里。所以，能够忘记时光的人，是快乐的。起码在那个当下，陶渊明享受在其中。

如果说，只有让身心欢愉，才算得上是不负生命时光，那么那些曾经的信念，当真是要抛弃了吗？

陶渊明一向把孔子视为先师。孔子说过的"忧道不忧贫"，他记在心里。但他更喜欢这种"耕种有时息，行者无问津"的农耕生活。

《论语》里记载过长沮和桀溺两个隐士，孔子曾派子路向他们询问渡口，遭到拒绝。这是两个不知道真实姓名的山人，子路没有问他们的姓名。所说的长沮、桀溺，是对两人外貌的形容，"长"指身长，"沮"指泥沼，"桀"同"煤"，指身体魁梧，"溺"则指身浸水中，意思就是一个身长的人和一个魁梧的人在泥水中耕种。

他们的隐居看起来很彻底，陶渊明想成为他们。他的内心有挣扎，有焦虑，本想有所作为，世界却使他望而却步。他很失望，渐渐生出一颗叛逆之心，甘愿"长吟掩柴门，聊为陇亩民"。这将是他生命的归宿。待繁华过后，他便化作纤尘，自由地飞旋在天地间。

他的骨子里有无尽的悲凉。他未尝不想改变那个黑暗的时代，但他做不到。孔子其实也做不到。

他看穿了世间，看到了生命的尽头，随后折身而返，过他的理想生活，从此不再跟世界较劲。他摆脱了一颗执着的心，进而走出精神上的困境，比孔子活出了更多的洒脱。尽管归隐后的他也有过功名未成的人生痛苦，但他得到了身心的自由，以及灵魂的飘逸。他的精神早已走在归隐的路上，只待两年后那次影响后世极为深远的身体实践。

劝农：傲然自足，抱朴含真

悠悠上古，厥初生民。傲然自足，抱朴含真。

智巧既萌，资待靡因。谁其赡之？实赖哲人。

哲人伊何？时惟后稷。赡之伊何？实曰播植。

舜既躬耕，禹亦稼穑。远若周典，八政始食。

熙熙令音，猗猗原陆。卉木繁荣，和风清穆。

纷纷士女，趋时竞逐。桑妇宵兴，农夫野宿。

气节易过，和泽难久。冀缺携俪，沮溺结耦。

相彼贤达，犹勤陇亩。矧伊众庶，曳裾拱手！

民生在勤，勤则不匮。宴安自逸，岁暮奚冀？

担石不储，饥寒交至。顾尔俦列，能不怀愧？

孔耽道德，樊须是鄙。董乐琴书，田园弗履。

若能超然，投迹高轨。敢不敛衽，敬赞德美。

——陶渊明《劝农》

望着旷远的天，陶渊明的思绪随风飘飞，从那宽阔的田野飘向远方，飘进了远古时代。后稷、舜、禹等先祖的轮廓仿佛出现在眼前。他们曾在春天里率领先民们农耕。

在这里的每一天，他都在教会自己如何放下，如何坦然地在忙碌与宁静中收获喜悦。他不止一次想起了长沮和桀溺，他们都是贤能之人，却都躬耕在山野之间，抛却了人世沉浮。他的诗句中反复提及这些人，正是因为他们身上有他心里的追求，正是因为能在他们身上看到自己的影子。

孔子看不起向他请教农耕术的樊须。董仲舒为了读书，三年没踏入田园一步。孔子和董仲舒都成为了被历史记住的人，所以有些人认为田园生活意味着消极遁世。可是，陶渊明用他的生活告诉人们，这是一种个人的选择，并不能作为普世的价值观。

每一个人都有属于自己的命运轨迹，有的人统领天下，有的人读书育人，有的人则是原本就适合躬耕田园，远离世间红尘纷乱。说了这么多，做了这么多，他的心意已经很明朗了，他的心，不在流俗之中，早已飞到了山林田园之间。那是他最适合的归处。

当然，世事是无常的。人们可以捧着史书，看透先祖的命数。但是，谁也难以预见自己的未来。这个矛盾的理想家，他身在田园，心系天下，在一切都未明晰的时候，人生路将归向何处，这还是个未知数。

未来的地图，依旧有些模糊。留下，还是归去，他仍在挣扎。

四〇三年，陶渊明下地务农，在淳朴的农人之间，他与他们面目相似，却有着不同的心事。

政局的动荡似乎离他很远。他身处美丽的田园风景之中，流连忘返。但在灵魂深处，始终有些牵挂不曾放下。

当然，在一切都没有想通的时候，把握当下，才是正确的选择。未来还是个谜象，需要时间，才能浮出水面。陶渊明十分珍惜眼前的美景，在这个世界上，没有任何一处能比这山野田园更纯净、更美好的了。

陶渊明没有独享这份美好，于是将它们留存在诗句中，传给后人。在他笔下，他建造了一个温暖如春的精神田园，令人神往。

今人虽然已经习惯了城市的喧嚣和忙碌，但每当读到陶渊明的诗句，那其中洋溢着的平和宁静还是会给我们的心灵以一种别样的幸福感。虽然是在短暂的一瞬间，人们见到了一个宁静安乐的世外桃源，那已足够让灵

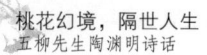

魂松上一口气，让人们体验到放松和回归。

在田埂上，陶渊明有时候会觉得眼前的画面十分唯美。他看到一位须发斑白的老农在水田里插秧，也不自觉地出了神。那位老农的皮肤晒得黝黑，身子骨依然硬朗，手里的秧苗飞快地被插到水田里，就像小鸡吃米一样，又快又整齐。老人回头看到几个当官的在看着他，就直起身子，走过来搭话。几句简单的闲聊，温暖而快乐。

那情景，让人舒服，又不觉做作。抬头望天，湛蓝的天宇永远像是被洗过一样，几抹乳白色的微云渺渺地流向远方，远处的山峦间氤氲着似有若无的烟雾，在清风里舒卷升腾。春水涨满了小河，要不是身着官服足蹬高履，真想把脚放到里头洗一洗。

陶渊明不由得想起了《论语》里的曾子，"浴乎沂，风乎舞雩，咏而归"……在沂水河里洗个澡，然后到舞雩台上吹吹风，再唱着歌回去，这才是圣人做的事情啊。

"熙熙令音，猗猗原陆"，美丽的旷野自然阔远，农人们来来往往，忙碌在田园之间。

柔软的春风像是女子的温暖手掌，轻抚每一个劳作的农人，空气里夹着泥土的清香，一阵阵随着微风荡来，沁人心脾，让人不由得身心舒畅。

花朵在鸟鸣中探出头来、树木和小草喧闹地疯长，它们一同在为春天欢唱。柔风和小草，鲜花与飞鸟，一排排新绿的小树，一片片辽阔的田野……它们同在大地之上，进行一场春的联欢。

这样的场景，想想就让人心旷神怡。我们多久没有平静过了。四季轮回已经在我们的人生中辗转了许多次，但是我们更容易记住的，总是岁月沧桑，却忽略了春的希望，夏的灿烂，秋的丰硕，冬的银装素裹……为了浮名虚利，我们错过了太多。

很多人抱怨着，世界这么大，却寻不到一处平静的角落。殊不知，平静自在心中，平静的世界原本就在身边。

人事变幻，但风景总是那处风景，烦躁的心对它视而不见，只有平静的心，才能读出更多的快乐和感动。

在陶渊明的眼中，"桑妇宵兴，农夫野宿"是最幸福的景象。村落里的男人和女人争相忙碌，桑妇一大早就起来干活，农夫晚上就睡在了野外。他们是劳苦的，但他们也是最快乐的。

而对于陶渊明来说，此刻，这生活里的每一处，都是一幅美丽的图画。他此刻感受到的最大幸福，就是可以任意穿梭在这平静而美好的画面中。他在农人们身边经过，他们专注地劳作，满足而充实，仿佛忘却了时间。

他们的嘴角边，总是挹着幸福的微笑，纵使光阴在他们的脸上刻上一道道深痕。他们在田间穿梭，与朝阳和日落为伴，他们每一天都拥抱着自然，守护着最纯净的灵魂，也因此，他们能感受到这世间最简单的快乐。

这种古老的生活方式，是从上古传承下来的。

"傲然自足，抱朴含真"，躬耕是人们生命最初就有的本真。后稷教人们播种，收获。在这样的过程中，人们获得原始的满足感。

"舜既躬耕，禹亦稼穑"，舜和禹先后亲自下地干体力活。人们跟随在他们的后面，接受着灵魂的指引；邵缺回乡种地，被臼季发现并推举做官；长沮和桀溺结伴耕田，被孔子遇见。这些有名的贤人，是陶渊明今后的精神支柱。

陶渊明被这些故事鼓舞着，并希望这种鼓舞可以感染更多的人。所以每当看见有人厌倦农务，他就把这些人拿出来说事。

春秋时晋国有个邵缺，就带着妻子一块在田野里耕种，后来被晋文公看上了，成为上卿，处理国家大事也很有才能，所以你们不要觉得种田就等于没出息，不劳而获才丢人呢。长沮和桀溺是孔子钦佩的贤人，他们俩总是共同劳动，一左一右，自食其力……陶渊明来给我们上课了："相彼贤达，犹勤陇亩，矧伊众庶，曳裾拱手。"看看这些古代的贤者隐士，尚且在田野间劳作奔走，何况我们芸芸众生，怎能宽衣博带、闲坐拱手！

陶渊明认为，人的一生应该勤勉，辛勤劳动才不会缺吃少穿。老是贪

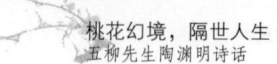
图安逸享乐，到了年终岁尾就要忍饥挨饿。"担石不储，饥寒交至。顾尔俦列，能不怀愧？"粮食没有储藏充足，到时候只好啼饥号寒，看看那些勤劳的伙伴，你怎么能不感到羞惭？

"孔耽道德，樊须是鄙，董乐琴书，田园弗履。"陶渊明心里一直有两个疙瘩，一个是孔子瞧不起来向他请教稼穑园圃的樊须，还有董仲舒这老头，只管读书弹琴，从来都不到田园里去。两位儒家的大圣人，都鄙视耕种稼穑，这让尊奉儒家的陶渊明好不难堪，如何为自己找到依托呢？

世人皆是凡夫俗子，做不到超凡脱俗，如果可以学着圣人的样子不食人间烟火，那当然有人恭恭敬敬，献上赞美之辞……不过，如果成不了圣人，还要天天吃饭睡觉，那还是别拿两位圣人的话当作借口，还是老老实实挥洒汗水，去田里种庄稼吧。

他劝勉这些农人，能够躬耕在田野里，挥洒汗水，辛勤劳作，是一件极其惬意和快乐的事情。若不辛勤耕种，积蓄粮食，将难以度过接下来饥寒交迫的冬天。寒号鸟的故事如果发生在人的身上，将是一场巨大的悲剧。

陶渊明清楚地告诉人们，孔子看不起种地的，他没错。樊须想种地也没错。董仲舒不种地也没错。他们是思想大成者，可以不走寻常路。反观自己，如果能超然些，就追求思想的东西。如若不能，那就还是好好种地吧，人终究是要找到自己的宿命归路的。无所事事，无所作为，真的就是枉了这一遭生命轮回。

他苦口婆心地将一首《劝农》娓娓道来。

他尊重农人，向往农事，这是他最后得以归隐的前提。山野田园里，有最原始的快乐，陶渊明的一首《劝农》，既有热爱农乐的心情，又是对政务的反省。

众所周知，古代社会里，农业才是国家的经济支柱。当政者极为重视农事。为官者的首要工作，也是农事和治安。每年到了春秋，也就到了劝农的时候。

陶渊明胸怀里有抱负，他要写下这首诗，送给江州的黎民百姓。哪怕他现在不是什么父母官，他还是一样殷切地期望着农人们能勤劳地耕种，让国家更加昌盛富强。

现代的社会，工业逐步取代了农业的位置，现代的人们，渐渐远离了村野，穿梭在钢筋和混凝土搭就的"华丽城堡"里。越来越多的人告别了春风绿柳，越来越多的人远离了美丽的农舍村屋。人们过着精加工的精致生活，却渐渐丢失了最本真的快乐。于是，人们在慌乱浮躁的时候想起了陶渊明，想起了他的田园诗，希望从中寻到片刻心灵的宁静，拯救躁动不安的内心。

所有的华丽泡沫都是有代价的，总是要有些人，甘愿受这冰冷华丽世界的异化和禁锢。

放逐灵魂的自由，为自己活一次吧！这是无数人的心声，却罕有人真的付诸行动。有时是因为怯懦，有时是因为恐惧，有时则是因为麻木。

城市，给了人类太多美妙的声色享受，却也对人类进行了最残酷的捆绑，不仅锁住肉身，也绑住了灵魂。

人们渐渐忘记，还存在着另外一种生活模式——远离这人群拥挤之处，去过那小城、小镇和村落的闲适生活。那是一种幽静时光，人们再次与大自然亲近交流，与森林、湖泊和河流为伴。在那里，人们可以通过种地自食其力。农闲时，还可以侍弄花园，修剪草坪。不爱干活的，在自家园子里种上几垄瓜果蔬菜即可。

可是，我们始终是有太多舍不得，让这种惬意的生活成了海市蜃楼的梦幻。我们舍弃不了汽车、电话、电视、电影和电脑网络。我们只能痛恨自己的怯懦。

烟雨茫茫的人生，被城市的喧嚣侵蚀了内心的宁静。我们疲劳地追逐浮名，欲望的囊裹越装越大，而装不满的心，却愈来愈空。

找一个适合的时机，试着卸下身心的包袱，走向田园，走向大地吧。如能汲取大地的力量，我们会在原始的、自然的生活中，找到久违的快乐。

思念：愿言怀人，舟车靡从

霭霭停云，蒙蒙时雨。八表同昏，平路伊阻。

静寄东轩，春醪独抚。良朋悠邈，搔首延伫。

停云霭霭，时雨蒙蒙。八表同昏，平陆成江。

有酒有酒，闲饮东窗。愿言怀人，舟车靡从。

东园之树，枝条再荣。竞用新好，以招余情。

人亦有言，日月于征。安得促席，说彼平生。

翩翩飞鸟，息我庭柯。敛翮闲止，好声相和。

岂无他人，念子实多。愿言不获，抱恨如何！

——陶渊明《停云》

思念是一种很玄的东西。它婉转，空灵，又不失深厚。当思念重重聚积在心底，亦成为一种愁。在陶渊明的心中，便有这绵绵思愁。

公元四〇四年，陶渊明四十岁，刚刚结束为母服丧三年的孝期。这就意味着他必须回到那好不容易才逃离的牢笼。

年初，刘裕在京口起兵，讨伐篡晋的楚帝桓玄。时局依旧动荡，战事连连。

此时的陶渊明已经体验过一段悠闲的躬耕生活。一方面，他享受着农人生活的自然恬淡，另一方面，他始终没有放下天下大事。他深深知道，乱世里的官场，难以实现他励精图治的愿望。但是饱尝人生的艰辛之后，他的心，依然在徘徊。

这一年，春寒料峭，他总是不发一语，静坐在东轩一隅。将外界混乱的战事和政局都抛诸脑后，他细细聆听着四面飘来的雨声，自斟一杯春酒，在这和风细雨里，痛饮而尽，就让酒精麻醉所有愁绪吧。

他开始思念远方的亲人和朋友。浓浓的思念，伴着春酒咽下喉咙，烫热了心。这时候，一场春雨降临，让他闻到泥土的香气，但却浇不灭他沉在心底的思愁。时间能让许多东西淡化，唯有思念，会在光阴中发酵，变得越发浓厚香醇。

细雨如烟，在一片水茫茫中，陶渊明迷蒙了双眼。雨水诉说着寂寞，看着渐渐泥泞的土地，他觉得心中思念的好友更加难以相聚。路途遥远，风雨交织，舟车难相见。

他被这一场春雨拥抱着，半醉半醒。时而抬起头，看一看东园里新绿的树，缤纷的花草，再低下头品着酒的香醇，尝着思念的况味……或许，每个人都需要一段独处的时光来沉思和成长，陶渊明正是在这样的独处中完成了灵魂的自我修复。

孤单是苦，是痛，但也是清醒，更是一种宁静。与其他情绪相比，思念有一种独特的味道，让人又爱又怕。陶渊明，他比任何一个人都懂得这种滋味。

走入宁静昏暗的小屋，陶渊明醉卧在榻边，望向窗外那一片白茫茫的水天相接。

庭院里的花枝在雨中颤动，响应着天空奏起的雨之韵。思念与雨天像是一个奇妙的组合，雨声敲打在心头，让思念在淅沥声中更加骚动。他孤单太久了，心中念着能有好友促膝长谈。然而，思念良朋不得见，无可奈何恨悠悠。

陶渊明所思的友人，此刻可能正在日月征途的官场上难以脱身，以致无法来到东园与他一起赏花、饮酒。只留他惆怅望着窗外，任思念淹没了他

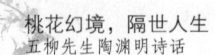
的世界。他不知，是否也会有人如此牵挂自己。

　　古时，思念是沉重的，如今，它渐渐失去了原有的重量，变为我们渐渐遗失的美好。究其原因，或许是发达的通信设施让我们不再将思念寄予鸿雁，于是再也感受不到"家书抵万金"是何等贵重。我们便很难像陶渊明一样，在一个美好的雨天里，宁静地思念，享受孤独。

　　孝期已满，这是一个蓄势待发的春天。在晦暗不明的南方雨季里，他期盼着明媚的春光穿透云层，照彻大地，洒下来，去晒暖人间的道路。"东园之树，枝条再荣"，冷酷的寒冬已经过去，这一场雨过后，万物疯长，又是一个充满生机的轮回。他的心中期许着一些转机。

　　公元四〇四年四月，刘裕大败桓玄。桓玄不得不退出建康，挟持晋安帝向西逃到江陵。五月，桓玄再次吃了败仗，在逃亡的途中被杀。六月，桓玄的旧将桓振攻陷江陵。刘裕的部下刘毅、何无忌退守浔阳。晋安帝陷入桓振的控制之中。

　　这个刘裕，本是东晋的下级官吏，孙恩起义时，刘牢之带着刘裕去镇压叛军，从此屡立战功，得以起家。陶渊明将会很快出山，去刘裕的手下继续做官。桓玄的叛乱，叫他失望。刘裕的私心，他也有所发觉，他将再一次陷入愁思。

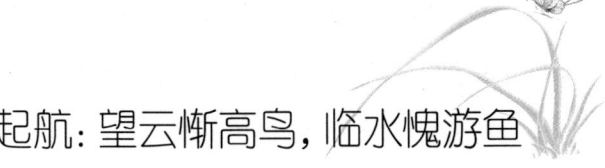

起航：望云惭高鸟，临水愧游鱼

弱龄寄事外，委怀在琴书。被褐欣自得，屡空常晏如。

时来苟冥会，宛辔憩通衢。投策命晨装，暂与园田疏。

眇眇孤舟逝，绵绵归思纡。我行岂不遥，登降千里馀。

目倦川涂异，心念山泽居。望云惭高鸟，临水愧游鱼。

真想初在襟，谁谓形迹拘。聊且凭化迁，终返班生庐。

——陶渊明《始作镇军参军经曲阿作》

任何死灰复燃的希望，都带着从前的伤，带着从前的戒备。会不会比从前更勇敢，这是一道艰难的题目，考验着再度起航的陶渊明。

他告别了田园的草庐，赶去京口赴任。对于这一次回归，他的心中不敢抱有太多期望。一程水路，情绪也犹如行走在这水面，心事茫茫。

离京口越近，他的心越忐忑。这次出仕他将会成为刘裕帐下的一名参军。

他回想起上一次在桓玄手下做官的时候。桓玄野心勃勃，一直觊觎着王权，最后真的篡了王位，乱了天下。而命运弄人，这一次，他却要去推翻桓玄的刘裕幕府里任职。

世界并非黑白分明，年纪越长，就会看到越多的灰色地带。面对复杂的政治阵营，陶渊明心中带着一丝警醒，与恶人为敌的人，真的就会是好人

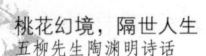
吗？其实未必。这虽然看似是个简单的对立逻辑关系，事实却不得妄论。

不过，无论如何，他还是要为自己燃起一线希望的火光。循着温暖的指引，他在那微光的缝隙看到了一个温暖繁华的盛世。为了那一幅脑海里生出的景象，他也决定要走这一趟，探个究竟。

他从浔阳出发，经过曲阿，抵达京口上任。曲阿是现在的江苏丹阳。京口，则是江苏的镇江。

此时，他盼望着世事已经有了新气象，如果这个世界再美好一点，他一定更加热爱红尘。当然，不久之后，他便认清了刘裕的自私，不论桓玄还是刘裕，都让他感到了彻骨的绝望。

也许，他此刻所有的漂泊，都是为了今后回归恬淡的田园生活。没有尝试，怎能懂得内心的真正向往。

正如一个人，失去爱情才知道爱的可贵。

正如一个人，痛过、苦过才懂得什么是快乐。

正如一个人，只有在离开故乡之后，才能充满悠悠的思乡情怀。

陶渊明，若不是曾经深陷黑暗的官场、混乱的世事中，怎会那般热爱山水田园，又怎会懂得自由是多么可贵。

因爱生忧患，由爱生怖畏，若无爱与恨，彼即无羁缚。

这是一个亘古永恒的道理。只有经历过世事沧桑，才能看透人生的真谛。因此，陶渊明懂得，曾经的种种失望和落空，都是为了他在经历沉浮过后所收获的一份恬淡。

年少时，总是有那么多美丽的故事，一切身外的自然，都可以寄托自己清幽的心事。后来，他爱上墨香与琴音，于是更多了抒发情绪的媒介。想来，在青春年少时，最简单的愿望，最美的执着，最轻松的时光，总会流淌在心中，滋润一生。

从小，陶渊明就不喜欢关注纷争，倾心相许的只是弹琴读书。他没有什么飞天之志，穿着布衣草鞋可以怡然自得，生活困乏也总能处之泰然。

后来，生活赐予他更多挫折。他做过江州的祭酒，郁郁不得志；当过桓玄的记室，险些辱没了节操……似乎时来运转，过了知天命之年又将赴刘裕军中，这真是冥冥中老天又给他点燃的新希望吗？

当命人准备行装，意识到自己真的要与心爱的田园告别时，陶渊明心中升腾万般复杂情绪，他索性题诗一首，聊以寄托思绪。

他无时无刻不想起颜回。"时来苟冥会，宛辔憩通衢。"他想，机会来了，就暂且去赌一把。如果失意，就回驾归乡。待到彼时，他的心中将不再留有任何的遗憾。

记得那一刻，他放下挂杖，叫仆人打点晨装，暂时疏离田园。他知道，这一次只是暂时离开，迟早是要回来的。田园，才是他生命最终的归宿。所有人生的苦行，都是为了参透生命的真意，不悔此生。

此时此刻，这邈远的孤舟上，他的身影伫立着，肩上扛起的是责任，也有绵绵的归思。

越往前走，离京口越近，陶渊明的心中越愁。离京口越近，就意味着离浔阳越远，江水托载着这一叶孤舟，也托载着他，一浪一浪、一寸一寸地远离了家乡和故园！

妻儿还好吗？田里的庄稼怎么样了？空气静默，没有回答。

孤舟向遥远的异乡驶去，思念也被越扯越长，绵绵不绝。

不知不觉跋山涉水已经有一千多里了。他感觉仿佛经历了十几年，魂牵梦萦的还是自己的家园，心里想着的还是那一方故乡的山水。思念装满了愁肠，他的心中再难燃起兴致去赏景，那水旱两路的舟车，单调而陌生的风景，让他心生倦意。

也许，当真是万水千山踏遍后，才会发现，故乡才是世上最美的地方。车水舟行，越来越远，他愈加想念浔阳的山泽，极目难望，便缱绻在了心里，浮现在梦中。

当黄昏降临、夕阳染红江面的时候，陶渊明的心头涌起一阵莫名的悲伤，脑子里也冒出一些古怪的疑惑：自己这是要到哪里去呢？去京口？京口

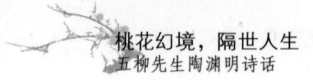
跟自己有什么关系呢？自己的衰朽之身，不在家里守着娇妻稚子，跑到那里来干什么呢？刘裕或许是明主，可自己还是觉得跟着他不是那么回事，心里怎么总是不踏实……

千丝万缕的念头缠绕在他的心中，乱成一团。他多希望成为一只鸟儿，可以尽享自由翱翔之乐，累了，便可以安心地归巢；抑或是一条鱼，在水中畅游，倦了，便可以随心停留。一切只跟从自己的意志。

良久，他又为自己的渴望感到惭愧，高鸟还飞在云端，小鱼还游在河里，可他却在背离家乡远行的途中。

这一行，他发现自己放弃了之前的自由，背叛了自己的内心，心中忽然生出一丝悔意。

他安慰自己，"真想初在襟，谁谓形迹拘"。自然纯净的本性还在，那么即使被卷入俗世中，也不算是被束缚。只要保持心境淡然，他就是自由的。所有尘世里的纷乱不过是表象，视而不见，便不能伤害到自己。

那就先这样吧，既然已经迈出了第一步，就在这官场再走一遭。未来尚未明晰，那么，就顺着自己生命轨迹走下去。成败荣辱怎样都好，所有的结果，他都将去承受，因为他觉得，这都是他的命运。

班固《幽通赋》有云：终保己而贻则兮，里上仁之所庐。

他想到班生的草庐，终将会再次归来。所以，他跟从命运的指引，认真地走下去。他相信，最终他仍将走向最初的田园，他的生命和灵魂，都将归向那静美的山林田园。

不是所有人将天下装在心里。陶渊明为桓玄篡位忧心忡忡，浔阳城里的黎民百姓却不管这些。皇帝姓什么他们并不关心，所谓久经乱世处变不惊，只要战争还未及家门，就该欢欣度日，照样张灯结彩。

离开后，他更加思念母亲。想来，也庆幸自己因为母丧在桓玄发兵之前就脱身了。他可以想象得到，倘若随着桓玄的大军被裹胁到建康，在桓玄篡位的时候，以自己禀性一定会挺身而出坚决反对。他一定会身首异处，逆来顺受不是他的行事作风，况且会被天下人看作是桓玄的帮凶和奴才。

他在心中暗自感叹：母亲是用自己的生命挽救了他一生的名节啊！

往事如浮云一般，匆匆掠过脑海，结合今时今日的处境，他的心中有万般无奈。

又想起前段时间，他收到了叔父陶夔托人从建康带过来的信件。

信上说，刘裕已经进了建康，诛杀了桓玄的亲属和余党，但京城里并没有大的动荡，陶夔依旧做他的太常卿。

陶夔在信上还说，刘裕认为桓玄从荆州带过去的人，都是桓玄的死党，对他们非常残酷，诛杀殆尽。陶渊明以前做过桓玄的幕僚，幸亏没有跟着桓玄到建康。所以陶夔告诫陶渊明，只要刘裕的人马打到浔阳，陶渊明就赶快去投靠，表明自己是拥护刘裕的，是反对桓玄篡位的，这样才能求得主动。

陶渊明愤愤地把这封信拍到桌上，心里怨恨着这个叔父。倘若不是他当初极力怂恿自己去投奔桓玄，也就不会有这么多麻烦了。但转念一想，叔父说的却是不无道理。虽然他在心中早已经立下了隐居田园的志向，但为了表明自己在大是大非面前的立场，仍是不得不去投靠刘裕。

刘裕首举大义，在极短的时间里消灭了桓玄控制住大局，避免了大规模的战乱和浩劫，于国于民都算立下了大功。陶渊明这次作为他的参军，跟着他返回京口，坐在他的帅船里观赏长江两岸的风光，心里还是怀有期待的。

他回忆起了二十岁时，离开家乡坐船顺流而下的情景。那是他第一次出远门，去京城游学求仕；再就是五年前替桓玄送《讨海贼表》，算起米，现在是他平生第三次顺江而下……

长江两岸的景色，并没有太大的改变，但自己已经从满头青丝的少年变成了两鬓斑白的老人。到了这把年纪，人生的真谛已经参悟出大半，没有了年少的天真与妄想。

到了离京口很近的曲阿（今江苏丹阳），陶渊明写下了《始作镇军参军经曲阿作》这首诗。

　　纵然是又一次奔赴仕途之行，但是他返璞归真的襟怀早有，故乡的蓬屋草庐是他身心的归宿。官场，只是他生命的一段旅途。他与它，是彼此的匆匆过客，互不归属。陶渊明知道，他不愿自己的心灵被喧嚣的尘世所束缚。

　　如今，他的功利之心早就死了，他只把这次从军当作是为国为民做点贡献的机会。既然身已至此，那姑且随着命运的推动，顺从这时局，为社稷苍生贡献自己一点力量。

　　所有孤单和困难，都是生命最珍贵的礼物。每一次经历，都会让生命更加饱满，丰盈。陶渊明若没有活在东晋乱世，若是没有被朝廷征召，那么他也就不会从浔阳去往京口。如果他在途中没有路经曲阿，也就不会写出这首诗。更不会有如此细腻的情怀，徘徊在有所作为和回归本性的矛盾之间。

　　幸好所有假设都没有发生，否则万世千秋过后，我们会遗失一处宁静的心灵桃花源。

重游：晨夕看山川，事事悉如昔

> 我不践斯境，岁月好已积。晨夕看山川，事事悉如昔。
>
> 微雨洗高林，清飙矫云翮。眷彼品物存，义风都未隔。
>
> 伊余何为者，勉励从兹役。一形似有制，素襟不可易。
>
> 园田日梦想，安得久离析。终怀在壑舟，谅哉宜霜柏。
>
> ——陶渊明《乙巳岁三月为建威参军使都经钱溪》

人生的绚烂，常常是因为缘分碰撞出了烟火。遇见一个人，是缘分；遇见一片风景，亦是宿命之约。

有些人，初见友好，再见生情。有些风景，初见时欣喜，再次经过，则是牵挂。

我们常常会路过同样的景物，比如朝霞里的婉转鸟鸣；比如一片阳光里，生机勃勃的田野；比如一株夕阳里的温柔细柳，或是一盏夜晚里寂寞路灯。彼时再见，便会更添浓浓的情感。

四〇五年，陶渊明四十一岁，虽然已经是不惑之年，他却依然困惑。这一年，他已经是第四次做官。这是他生命中最重要的一年，他从刘裕帐下走出，转为江州刺史、建威将军刘敬宣的参军。

生命中，总有一些日子，会在日后成为心头最怀念的时光。也许是因为一种喜悦，也许是因为一种感怀，也许是因为一个人，也许是因为一刹那的

93

醒悟。

刘敬宣就是刘牢之的儿子。刘牢之曾是淝水之战的功臣，东晋内乱后，他的兵权不久便被桓玄所夺，四〇二年自缢身亡。又是一个悲情人的悲伤结局，戎马一生，只为历史，留下了一抹凄凉。

三月，晋安帝司马德宗回到建康复位。这时，与刘毅有隙的刘敬宣"自表解职"。这个刘毅，原来也是刘敬宣的部下。平定桓玄后，他被封为抚军将军，仅仅比刘裕的镇军将军低一级。陶渊明奉刘敬宣之命出使京都，就是去给他办这件事。刘敬宣走了，陶渊明也就跟着离开了。

到了四〇九年，刘裕入朝执政，成为车骑将军，兵权在握，镇守京口，实际上控制了东晋的朝政，权倾天下。

政治纷纭，每一分钟里都可能存在千种变数。

陶渊明，有一颗博大的心，容得下宇宙，却容不下乱世。

三月的时光比思念还长。陶渊明身揣使命的文书，经过钱溪。钱溪，今安徽贵池一带，是当年沿江有名的港口。

退去灰尘的雨后，空气清新，让人身心舒爽。太阳探出身来，明净的光线，更让人赏心悦目。叶子在风中颤抖，像是在进行一场盛大的绿色之舞。

灿烂耀眼的阳光，照在身上，让人心中暖洋洋的。美景如美人，总是让人忍不住牵念。陶渊明闭上双眼，深深地呼吸着清新的空气，神游于大自然的气息之中，他只觉得整个人都变得空灵，所有忧愁都早已经消散在了九霄云外。他的脑海中出现的，只有那些快乐、幸福和依恋。

他想起了自己的田园，青山碧水，微云蓝天，岁月静好，万事安然……那时种种，多好。

眼前的风景，一片开阔坦荡，更是让他心生眷恋。一刹那，他忽然醒悟，自己究竟失去了什么。他失去了自由，他魂牵梦萦的是故乡幽美的山川，而不是一个无望的官途。若是执意在这条官路上走下去，那所有的美景里，他都只是个匆匆过客，而未来，是深不见底的黑暗。生命辗转，故地重

游，却不是回头路。

"我不践斯境，岁月好已积。晨夕看山川，事事悉如昔。"陶渊明没有想到这么快他又一次经过这里，岁月如同江底的沉沙，在一层层堆积。他从早到晚都在船头眺望两岸的山水，林林总总都是几十年前的老样子，多年的往事江水一般流淌在心底……翻腾起丝丝温暖的回忆。

他的心中，映出一个奇异的海市蜃楼。再次经历时，他只觉得，这情这景，恍如幻境。故地重游，美景依旧美丽，然而岁月无情催人老，看景色的人，却已经不是当初模样。人生若只如初见，只是一个美丽的怀念。再见之时，都会被岁月涂上一层或浓或淡的伤感。

斜风细雨洗刷着莽莽苍苍的树林，满眼的绿色，生机勃勃。鸷鸟在烈风中展翅高飞，它们多好，不曾懂得人世烦愁，更不必体验那残酷的政治，还有那生活的血雨腥风。

从清晨到夜晚，是一个美丽的小小轮回。"微雨洗高林，清飙矫云翮"，被微雨淋洗过的繁茂树林，色彩也更加明艳。微雨清润，涤荡了人心，所有烦躁和愁思，都归于平静。在这样的好景致里，他眉目舒朗。

清风柔柔，吹拂着微云，云轻飘地流动，鸟翼在云端时隐时现，时而会传来高亢的鸟鸣，那一定是自由翱翔时发出的快乐吼声。

陶渊明又何尝不想像那鸟儿一般，畅快地大吼一声，无所顾忌地吐出心中的不快，驱散心中的愁云，卸掉所有枷锁，做个真正的自由人，回到那片属于他的自由山水之间。

眼前旷达浩荡的山水，令他想到艰难的尘世。"伊余何为者，勉励从兹役"，他开始深深地内省。他问自己，小心翼翼，终日辛苦奔波仕途之上，到底为的是什么？这一切付出，究竟是值得，还是徒劳。他心中升腾起关于自己的惑。

"一形似有制，素襟不可易"，虽然身体被凡世所累，可他却可以让自己的思想在天地间自由地驰骋。他崇尚自然的、天生质朴的本心永远也不会被改变。他真诚的性情，注定了他人生的皈依之路。

95

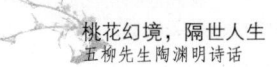
在苦难中，坚强；在浮乱的世事里，平静。他懂得，那是他的宿命，亦是他的选择。

其实，宿命并非是一种注定的轨迹，而是人生的选择连接成的轨迹。

所有的选择之后，都会有一段特定的旅程。

繁华和盛世只是一个东篱边的酣梦，他身为这乱世之民，就注定了要饱经苦难。他选择了高洁的灵魂，便注定了遗世独立，尝尽人世孤独与失落。

身处乱世，怎能远离平静的故乡。"终怀在壑舟，谅哉宜霜柏"，忧伤是暂时的，悲苦不会是永恒，他已经望到了不远处，有快乐的光晕。他明白，那条路并非是官途，而是他心灵渴望挺进的桃花源。

不知不觉间，只身孤影在异乡挣扎着，心灵却一直系在归家的舟上。他难以容忍世俗对自己的同化，他坚信自己的节操就像经霜的柏树一样，不会凋零。

眼前山水的美好景象，惹人生羡。不过，纵然心向往之，却并非会成为最终的选择，尘世间，有太多让人狠不下心放不下的牵念和欲望。这也是人们痛与乐的根源。因为有太多的放不下，生活里增添了欲望的筹码，幸福快乐也就难以企及。

一直以来，陶渊明都在用他的前半生，为他的后半生准备着。他终将辞去彭泽县令的官职，如愿以偿地踏上归去的自由之路。

现在，他命运卑微，危机四伏。纵然心中还有不甘和无奈，他也轻轻放下了。他明白自己的渴望，也知道什么才是他最好的选择。

眼前，篡位作乱的桓家终于被彻底颠覆，这是一个好消息。就如同一场柔暖明媚的春风驱逐了冬日冷酷的寒流。这一片大好江山，终于又重新焕发出蓬勃的生机。未来的美景，不禁让人期待。

这美景让他沉醉，也同样让他陷入了深深的思考。他忽然有些迷茫，他多么想有人能告诉他，他辛苦劳碌当了官府的差役，究竟是为了什么，而放弃了自己。这山水如画的美景本来就是他的皈依，可为什么，他只成了美景里的过客。现在的他，就像一只鸟儿被锁在了笼子里。

鸟儿的天性，是属于蓝天和自由的。纵然是误落了尘网，它的天性却从来没有改变——喜欢在天地间自由自在地飞翔。

日夜梦想着故乡的田园，怎能忍受和家人长久的分离？时光飞逝，梦想不等人，他要学那在严寒中挺立的松柏，永远坚守自己的气节……

归隐田园、耕读为生的信念，在陶渊明的心中越来越坚定。

微雨，晨夕，山林，轻云……如诗如画的田园，是多少疲乏之人午夜的梦。

芸芸世事，风尘飘飘。多少名利得失，烦扰了心灵。让那纯美梦境，走不进现实。唯有经历过磨难，才更懂得梦想是何等的珍贵。

陶渊明向刘裕提了许多建议：严明吏治，惩处贪污，清查户籍，改革税制，禁止豪强霸占山林，免除鳏寡孤独老弱病残的赋税和劳役。刘裕听了之后都点头称是，可就是不采纳实行。眼下，刘裕一门心思只想着怎样把权力牢牢抓在手里。时间久了，陶渊明也就缄口了。

刘裕什么事情都不交给他办理。时间长了陶渊明感觉出，刘裕也同桓玄一样，只是看中他的名声，想把他养起来当个摆设。半年来刘裕的所作所为，陶渊明也有很多看法。他渐渐明白，刘裕是个私心很重、疑心也很重的人。他心坎里想的并不是国家社稷，更不是天下苍生，而是一己之私利。

陶渊明，又一次失望了。

挣扎是因为还有希望。看清楚、想明白了之后，陶渊明就对刘裕失望了，镇军将军府继续待下去，毫无意义。又是一次落败。他叹了一口气，便也淡然了。

与妻儿分别已经快半年，不如趁早回家吧……还在来京口的船上，陶渊明就萌生了回家的念头，那时还有在刘裕手下建功立业的幻想，现在幻想完全破灭，回家的想法就越来越坚定，越来越急迫。等到年终岁末将军府照例要放假过年，他打算回家以后就再也不来了。

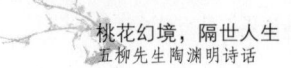

这一日，忽然听说叔父陶夔升任礼部尚书，陶渊明就请假去京城探望，也算是跟叔父辞行。

拜别叔父回到京口，就到了年终岁末，镇军将军府已经开始准备放假。陶渊明向刘裕上书婉言请辞了。

刘裕搁下笔，把刚刚写好的给刘敬宣的亲笔信，交到陶渊明手里，让他回家过完年后，拿着这封信去找刘敬宣，可以谋一份差事。

临别时，刘裕还把陶渊明送到大门口，客客气气地把他打发走了。陶渊明人生的又一段路，就这样结束了。

陶渊明昼夜兼程赶回浔阳，一进家门，几个儿子都欢天喜地，翟夫人眼里涌出了泪花。阖家欢聚的情景，何须赘笔? 过完年后，陶渊明拿着刘裕的亲笔信到了刘敬宣的建威将军府，刘敬宣自然不敢怠慢，随即让陶渊明做了他的参军。两人颇为投缘。

刘敬宣任江州刺史这半年多，还是颇有政绩的。他把江州地面初步治理出了个样子，同时征集粮草，修整战船，为平定桓氏的战乱立下大功。若没有他筹集的军粮修造的战船，刘毅何无忌的人马在灵溪被桓振打得大败后，根本不可能在几个月内恢复元气。

刘敬宣还协助诸葛长民，灭了攻打历阳的桓歆，又击破了进攻豫章、庐陵的桓亮，也立下了不少战功。陶渊明觉得他为人还算正直，为官也比较清廉，有些佩服他。这三个月来，他对陶渊明一直恭敬有礼，也采纳了陶渊明不少意见，两人的关系日渐亲密，终于可以说一些知心话了。

刘敬宣委托陶渊明代自己将《求解职表》送到京城。

刘裕又是刘牢之多年的老部下，刘裕掌权后又一直在提拔刘敬宣，天下人都以为二人亲密无间，誓同生死，想不到刘敬宣却是这样提心吊胆，噤若寒蝉。陶渊明暗暗寻思：官场实在是太险恶了，他已到了生命暮年，不抽身退隐，更待何时?

他带着刘敬宣的《求解职表》，又一次登上了东去的孤舟。船行到钱溪（今安徽贵池县东）时刚好是整个行程的一半，要补充些给养，就停泊了一个晚上。陶渊明在这里写下了《乙巳岁三月为建威参军使都经钱溪》这首诗。

拥有诗心一片，他让每一片写意的山水，都浸染浓情。守着一片微雨过后的良辰美景，心境却是满腔忧郁。山山水水又一程，人生潇潇何所从，前路究竟可是迷途？

他到达京城后，先到叔父陶夔家投宿，却看到陶夔已经重病缠身，卧床不起。他暗黄的面庞写满了人世沧桑。所有光华，早已被沧桑岁月风干。言语也嘶哑含混。

看着沧桑老去的叔父，陶渊明心中微微一紧，有一种命运的苍凉之感。

陶渊明按照陶夔的指示，到京口将《求解职表》呈给了刘裕。刘裕看过表，静默，却又深沉如海。这一切，都是他的料想之中。

很快，朝廷的诏书来了，刘敬宣解职回京待命。

陶渊明刚回到家里，就传来了叔父陶夔去世的噩耗，遗体按当时的风俗要送回浔阳老家安葬。陶渊明帮着陶夔的子女办完了丧事，又为叔父守满了半年的孝期。陶渊明已经许久未享受过生活的平静，于是格外珍惜这段时光。但是，半年过后，他接到了朝廷任命他为彭泽县令的诏书。

这是叔父的遗愿，他不得不尊重，不忍心违背。

他再一次上路了，走向人生的又一程。前路茫茫，他心中一片踟蹰。微雨山林的生活，渐行渐远，远远地飘进了梦中。

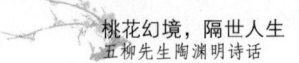

飘零：人生无根蒂，飘如陌上尘

人生无根蒂，飘如陌上尘。

分散逐风转，此已非常身。

落地为兄弟，何必骨肉亲！

得欢当作乐，斗酒聚比邻。

盛年不重来，一日难再晨。

及时当勉励，岁月不待人。

——陶渊明《杂诗》

生命是一场无涯的旅行。山一程，水一程，唯有漂泊过的人，才更懂得安宁的可贵。

萧瑟的秋风，清冷的秋雨，严酷的秋霜，在这样萧索的景色里，陶渊明陷入了沉思，辗转又是一年生命枯荣，那繁花似锦，草树丰茂的盛夏记忆还犹为清晰，转眼间，生命渐逝，秋已泛黄。岁月悄然流逝，死亡已在前方的路口。生命最后的光阴里，他陷入了深深的思考。

金秋的晨曦，当陶渊明推开房门的那一刻，凉风扑面而来，院子里的树叶凋零。枝头偶有几片落叶，在风中瑟索，极不情愿地一路盘旋，一路不舍，一路回头，一路哀愁。

太阳和月亮从来都合作默契，日夜交替轮转。这转眼间，几十载春秋就成了过往。陶渊明的心中沉沉地发出一声叹息。他更加清晰地感受到自己的生命衰老的迹象。落叶萧萧，芳草萋萋，秋雁掠空……这无边的秋色，构成了一幅写意的画、是一曲悠扬的歌，更是一帘释怀的幽梦。然而，那浪漫的金色里，始终抹不去一丝忧、几分愁。

时光带走了韶华，让他满头银发。他极目远望，那悬崖边上，苍松郁郁翠翠，心中充满艳羡，又充满悲苦。青春是多么美好，那时的自己永远年轻永远充满活力，但青春已逝，纵使洒下千钧泪，也难换时光逆回。

野草寒霜里苦等，百花尽落，叶落枝枯，纵然满目萧索凄凉，那土地里的根须却没有死亡，等来年春天它们还会复生。死亡和消落背后是无限希望，这是多么美好的事。

这一处处风景，不过是人生画卷中的翻跃一页，然而，每一个人都是生命的匆匆过客，最终将要归向何方？

陶渊明在深思，他日百年之后，那陶家的棺冢，是否是他的归处。为什么人的生命如此脆弱，不如野草那样顽强。人一旦死去，形体很快就会腐烂，再也不能回到这世界上，那曾经的苦与乐都成为了最珍贵的生命体验，许多事情便不再纠结。

"五十而知天命"，现在，所有那些关于建功立业的幻想已经彻底破灭，他忽地发现人生已经时年不久，在看尽尘世沧桑后，他开始更加珍视每一个即将流逝的日子。

前途不知还有多远，也不知最后停泊在哪里。曾经，陶渊明为了自己的家国志，仈出了太多人生岁月，他美好地憧憬过，也努力地追逐过。然而，乱世之下，他所有努力追逐理想的岁月，都淹没在历史汹涌的波涛中。理想的图腾只是灯火阑珊处远远的朦胧。

许多事情，只有经历过后才能真正懂得。懂得，是在失与痛之后获得的生命精华。陶渊明在经历官途的失望后，在失去青春岁月之后，彻底看透了生命。在忘却浮世的欲望之后，他看到了生命的本真，他知道，自己唯有投入到山水田园之中，才会感到最真实的快乐。流光辗转，生命渐逝，他更

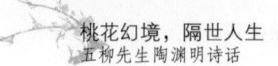
加珍惜生命最后的光阴，活在当下，及时行乐。

人在眼前遭遇不顺，生命走向苍老的两种情境时最容易陷入怀念。有一种温暖，只存在于过往的曾经，它有一种独特的力量，能抚慰人的心灵。

陶渊明怀念起那些悠闲的日子。恬静的田间小路，落英缤纷，每一处风景都是人间画境。

他可以随着自己的心绪，吟咏美丽的词句，笑看满坡的青黄。细柳如烟，石阶前花儿静静开放，他愿看尽生命枯荣，然后，在美景里忘却了经纶世务，只留下简朴的陋居，真真正正地把自己的心和灵魂交给了自然。

看那活跃在乡间邻里的老农，看那乡间的道路慢慢浮出田野，那才是他心中最大的安乐。

一颗敏感的诗人的心灵，要把这一切都承受下来并不容易。陶渊明承受下来了，他并没有悲观厌世，也没有怨天尤人，他仍然热爱生命，珍惜光阴，并谆谆教诲自己的几个儿子也要如此，不要过庸庸碌碌的生活。

眼看着未来的日子已经不多，他将自己置身在酒香梦境中，享受饮酒的乐趣。饮酒为浇愁，亦是为了遣兴，他的豁达是从极度的悲愤中挣扎而出的豁达，是彻悟了人生无常、盛年难再、岁月不待、有志未骋后的豁达……

"盛年不重来，一日难再晨。及时当勉励，岁月不待人。"盛景流年，这一辈子已经快走到了尽头。生命将尽，他只有将满心的希望寄托在自己的孩子身上。他希望孩子们将来能有所作为，希望他的子孙能够生活在开明的王朝里，去完成自己保家卫国的鸿志。

他厌恶极了那些人世的纷争，丑恶的人性暴露在日光之下，人无道，世难安。他的愿望中，始终有一个宁静祥和的世界，他希望所有的人都能友好相处，在一起共同分享生活的乐趣。在他看透了脏乱的世事后，他的灵魂在生长。他的梦想在他的诗文里，流转了万世千年。"落地为兄弟，何必骨肉亲？得欢当作乐，斗酒聚比邻。"

"四海之内皆兄弟"，这不仅仅是一种豪情的口号，更是陶渊明心中一种美好的期望。若当真四海都是兄弟，那么人世间就不会有疯狂血腥的战争杀戮，也不会有惨无人道的剥削压迫……宁和的世事，毫无纷争，这样的人间乐土，究竟什么时候才能到来。他在绝望的乱世里，无尽地渴盼着……

也许这就是陶渊明的脑海里闪过的"世外桃源"最初的导引……他多希望，他所期望的美好宁和，不只是世外一隅的美景，而是阳光能普照到的整个世界。

所有的愿望都在期望里，宁静的山水田园还在梦中，因为陶渊明此时又做了彭泽的县令。彭泽原本就是个小县，在久经战乱后人口更稀少，吏治废弛，县衙里一片混乱。乱世里，又碰到了这样一个乱摊子，这不禁让陶渊明感到头疼。所以他常常让自己醉在酒香里，梦里不知身是客，他多希望，醒来后，身在家乡田园里。

偶有深夜时分，他从宿醉中醒来，恍惚间不知道自己置身何地。

真的是回到了家园吗？他有些恍惚，门和窗都挪了位置？

意识渐渐苏醒，良久，他才回想起来，自己不是在浔阳家里，是在彭泽县衙，自己现在是县令了。刚刚所见到的和美家园，不过是一枕梦境，酒醒了，也就破了。他心中染起了袅袅的惆怅。

他一生心怀报国猛志，可被命运一步步地推动，他走到了今天这个位置上。他忽地有些茫然。

曾经，他在春花秋月中度过了多少恬淡的岁月，醉酒赏花，每一寸时光里，都是那股惬意柔和。等后来成为官府的仆役，一刻不停地被差来遣去，在舟车劳顿中消磨掉了多少宝贵的时光。所有美好光景，都只能抛却在梦里。

好在当年在江州刺史府当别驾祭酒时，有过一些经验，陶渊明开始逐一治理起来。他只当了八十多天县令，却写下了十二首诗，这段时间可谓多产，这些诗后来统称为《杂诗》。

梦中，无数的影像在来回穿梭，他在追逐呼喊。然而，梦却醒了，再难

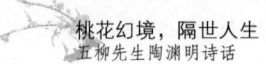
入眠。刚才梦到了什么？已经记不得了，只模糊地感觉到是在园田居做什么事情。园田居……离开那里已经快三十年了。

成家之后就搬到浔阳县城居住，在县城里度过了十多年闲居的岁月。那十多年是舒心惬意的，虽然生活贫困，却心安理得，自由自在，后来在叔父的催促下跑出来做官，才有了无尽的烦恼和满腔的悲愤……

光阴荏苒，小儿子阿通都已经十岁了，这十年里他一直被世事羁绊，就像庭院中的树影在日升月沉中一天天移动着相同的路线，直到黑夜降临才消失了踪迹，仿佛要走到生命终止的长夜中去……

家乡远在天涯，漂泊的游子心无比惆怅，期盼着同妻儿团聚的那一天。

被差遣踏上遥远的征途，途中、家园，一颗心被分成两半。抹着眼泪乘船东下，时光随着波浪不停地流逝……太阳落山，星辰出现，一会儿又隐进了西山的峰峦中。

总是盼望着能早一天回到家乡，可关塞阻绝，路途遥远，其中的辛酸和悲苦，现在回想起来都令他禁不住潸然泪下……

在途中曾见到天边的大雁，一群群飞向北国的故乡，他的心中，一片怅然。故乡，何曾不是他的渴望？盛景流年渐渐逝去，他唯能做的，只有勉励自己，早日回归梦中的故乡。

田园：误落尘网中，一去三十年

少无适俗韵，性本爱丘山。误落尘网中，一去三十年。

羁鸟恋旧林，池鱼思故渊。开荒南野际，守拙归园田。

方宅十余亩，草屋八九间。榆柳荫后檐，桃李罗堂前。

暧暧远人村，依依墟里烟。狗吠深巷中，鸡鸣桑树颠。

户庭无尘杂，虚室有余闲。久在樊笼里，复得返自然。

——陶渊明《归园田居》其一

公元四〇六年，万物萌发的春季里，和着柔软的清风，踏着青青浅草，陶渊明举家从浔阳县城迁回到园田居。那是他梦境深处最渴望的乐园。在经历寒冷世事后，他终于温暖归来。

心安之处即是吾乡，回到家园，他的心将不再孤苦漂泊。他在家园开了一间私塾，春耕之余又做起了教书先生，从此开始耕读为生。生活惬意，如诗如画。梦中的渴望，终于照进现实。

那一年，万物生发的烂漫春季里，他写出了《归园田居五首》，被后世誉为五言古诗的极品。这些诗篇，就像风中飘扬的古老旗帜，指引着后人迷雾重重的路途。

古老的农耕生活，宁静而安然，田园山色，一片美好景致。黄昏后，夕阳渐次晕染开一种凄美的红，人们农忙后，在夕阳里归来。虫鸟和声鸣叫，

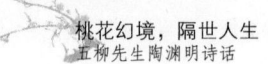

随着日落，渐渐弱了下来。远处稀落的几声狗吠，还有散淡微弱的火光，那是柔和宁静的时光远离车马喧嚣。

晚饭后，屋外的蛐蛐声将把这个山村的黑夜压得更低。万籁俱寂，却让人满怀希望。虽然孤独，却很温暖，很幸福。

这古朴幽静的生活，虽然是极为平凡，但却是许多人难以到达的梦境。尘世名利缠住了那芸芸众生。也许每一个人的脚步都可以到达山林田园，也许每一个人的目光，都可能倒映夕阳余晖，但唯有少数人才能获得灵魂的安宁。

这安闲的田园生活，是陶渊明生命的起点，亦是他生命的终点。然而，他一番尘世的历程并非徒劳，饱经了官场黑暗的洗礼之后，他追寻到了山水田园中的生命意义。

二十五岁那年，陶渊明成家后离开园田居，迁居到浔阳县城。从此，游子浪迹官途，开始一番追梦的漂泊，几经生命跌宕，他终于再回到家园。家乡风光依旧，秀美如画，可倒映在陶渊明眼中的，却是满目沧桑。此时，他已经是五十五岁的白发老人，蓦然回首，整整过去了三十载。

这三十年都是在尘世中打滚，现在终于明白，他的天性热爱这自然的山光水色，纵然用尽了三十年的光阴，他依然难以适应那灰暗的世事，荣华与名利，从来都不能使他真正快乐。

他仿佛听到了自然的呼唤，一声声，渴望着他身心的回归。他向着灵魂真正渴望的方向走去，他像笼中的鸟儿回到了往日的丛林，像池中的鱼儿回到了旧时的渊潭。他已经开始计划自己的田园生活。他要到南山下开辟出新的田地，藏愚守拙，快乐地隐居在家园里，从此世事纷乱，只是一遭耳闻。

回归家园，他的快乐也越发简单。他看着自己的家园，心中满满的知足和幸福。宽敞的宅地有十来亩，盖起的草屋有八九间。榆树柳树都浓郁茂密，郁郁葱葱地覆盖着房屋后檐，桃花李花盛开在堂前，静美而又绚烂。

半空中，几座影影绰绰的村庄漂浮着，似乎远在天边。但他分明听得见那村子里的鸡鸣狗吠。眼前恬淡的风景，美如幻境。就连那村子里的炊烟，也依恋着家园，在空中盘旋摇曳，婆娑起舞，眷恋着人间，久久不愿离去，终于消散到极薄极淡的程度，不着痕迹地融入了蓝天里……到哪里去找比这更生动、更完美的田园诗句呢？

入夜，只有小狗在深巷中吠叫。清晨，只有雄鸡在桑树顶啼鸣。除此之外，寂静无声……在如此整洁幽雅的门户庭院中，他的心底是多么安闲宁静，许多时候，他会有一种冲动，想要登上高丘长啸一声："久在樊笼里，复得返自然！"

山水隐没在天空的微笑之中，雾气缭绕，携带醉意勾画着美丽的山水田园。闲静少言的他，更爱田园中属于长篙的从容和渔歌的苍老，"久在樊笼里"终于"复得返自然"。此时的他对自己的选择，坚定而无悔。

跳出了俗世欲望的樊笼，那种失而复得的回归，是只有他自己懂得的幸福。

他站在山脚，看着云雾轻轻从谷中流出，整个世界就像披上了一层薄薄的轻纱，若隐若现，轻盈而飘逸。他的灵魂也随着这升腾的薄云飘向精神的太虚幻境，如痴如醉。鸟儿在外面游荡累了，飞回自己的温巢。他亦是在那混乱黑暗的官场里，挣扎得倦了，他终于找到了自己心灵的归宿，辞官而去，回归家园。

这是一首简单而朴实的诗，就像一句随口道出的家常话，显得那么平淡无奇，但营造出的意境却达到了大巧若拙、返璞归真的极致，有一种豪华落尽的自然之美。磅礴、悠然、宁静。为那千年前的古时农耕岁月，笼上了一层神秘而柔美的面纱。

他的本性一直在山水之间。

现在，他踏过了世事的尘烟，回来了。看着田园中的一草一木，他都觉得格外美丽。方宅、草屋的屋檐那么温暖，孕育着燕子的宝宝。前院有桃树、李子树的甜蜜，后院有榆树、柳树的阴凉。鸡犬在深巷里鸣叫，带着扑

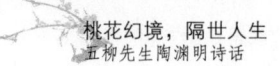
面而来的人间烟火味。在干净的庭院里，人心宁静。

他全面否定了自己从前的仕途生活。他只是悔恨自己归来得太晚。

他迫不及待地投入到田园的劳作中，体味那种躬耕的乐趣。到了第二年春天的时候，他拿起农具，带领着全家老小，去开垦南边那些荒废的田野。

南山下的荒地，只能开辟出来种桑植麻。陶渊明毕竟是五十五岁的老朽，重的体力活已经力不从心，只能给几个儿子打下手。

几个儿子总是劝他歇着，许多时候，他就坐在地头看着儿子们劳作。那些影子，像是自己的分身，日复一日地耕耘在南山的田野之上。

离开了官场的陶渊明，在辛勤垦殖中真正体会到了农民对土地、对庄稼的深情，他已经是一个自食其力心安理得的农民了。

夕阳氤氲着美丽的愁绪，陶渊明自然不愿错过这人间美景，他抬起头，远远观望。

他看云海的灿烂，如烈火般炫目，又宁静得像个温柔的女子。不远处，村落上空又见依依的炊烟升起，风儿一吹，轻薄得若隐若现。伶俐的云雀，用它单薄的翅膀犁开一片又一片蔚蓝与清朗，庄周梦中的彩蝶风轻云淡地怡然起舞。

牧童短笛中的曲调，天马行空地肆意徜徉。他欣然地右手执卷，读着他最爱的诗篇，左手挥壶，喝着自酿的菊花美酒。惬意人生，不过如此。尘世惘然，何必再徒添烦愁。

他的身影，时常出现在小居里。这片清丽的山水田园，这些极富韵味的麦田桑竹，都令他痴迷。桃花源中，落英缤纷，散落一地往事。

秋天是菊花正艳的时节，菊花带着露水，惹人怜爱。陶渊明采菊浸酒而饮，菊香和酒香融为一体，极佳。再配上这如画美景，人生如此，还有何求？

屈原在《离骚》中说："朝饮木兰之坠露兮，夕餐秋菊之落英。"

菊为傲霜之品，所以食菊能修身自洁。饮此忘忧之酒，使感情更加超凡脱俗。虽说是对菊独酌，但兴致很高，饮之不足。太阳落山，群动皆息，飞鸟归林。

这里的生活如此幽美。野外少有交际应酬的俗事，偏僻的村巷难见车马来往。即使是白天也可以关上柴门，在幽静的庭院中断绝了尘缘杂念。在这里，他不会遇见更多的人。偶尔见到几个披着草袋的农夫，他们会给人温暖的微笑。寥寥无几的话语，是关于桑麻的长势如何。他们更多地担忧寒霜提早降临，那样农作物就会减产。

送走闲话家常的农人，陶渊明掩上柴门，独自饮酒。如此简单的日子，过得随意，自然，缓慢悠长。

南山的脚下，陶渊明已经生疏了农活，荒草疯长，张牙舞爪地随风狂舞。他得去锄草了。走过草木拥挤的晨光，去往杂草荒芜的田地，再踩着饱含着月光的露水，飘然而归。这种看似简单的生活，却是许多人始终无法触及的"奢侈"的幸福。

对于陶渊明来说，无论那庄稼收成好与坏，不管生活富足还是窘迫，只要不违背心愿，沉浸在这自然美好的田园生活里，他的心中便溢满了幸福。

在经历数十载人生颠簸后，他终于找到了快乐。那快乐，不在闹市，不在官场，而在山中。在这幅闲适的图画之中，之前所有经历的生命悲凉会得到慰藉。

那时，黑夜正散去，一轮热烈的朝霞即将从山坳中升起。

后世之人争相仿效陶渊明，但始终没有一人能达到陶渊明那样绚烂至极，归于平淡的境界。他们归隐的躯壳后，藏着一颗渴望繁华的心。唯有陶渊明，为那一壶一卷与世俗决裂，坚强固守着那片情怀与那份真谛，去领略生命从绚烂到凋零的凄美姿态。

世外桃源，从来都不是隐匿在云深处，而是生生不息地长在陶渊明的诗词中。

他心中的世外桃源，曾几何时，醉倒了多少人。有人毕生去寻求，那种

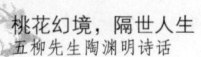
脱离尘世的情景。但究竟有多少人试图做出这样的选择，走出的有几个？出而不复的又有几个？心不够恬淡，哪怕是淡泊名利的诸葛孔明，也无法坚守住一亩三分的净土。

生命的烟火终将会渐渐淡去，然而过程是何等的辉煌壮美。当生命摆脱世俗的条条框框，坚守平心静气的真实内心，他为自己创造一个无限恢弘的世界。纵使身在俗世凡尘里，也可以营造一个宁静的世界。

归鸟：翼翼归鸟，晨去于林

翼翼归鸟，晨去于林。远之八表，近憩云岑。

和风不洽，翻翮求心。顾俦相鸣，景庇清阴。

翼翼归鸟，载翔载飞。虽不怀游，见林情依。

遇云颉颃，相鸣而归。遐路诚悠，性爱无遗。

翼翼归鸟，相林徘徊。岂思天路，欣及旧栖。

虽无昔侣，众声每谐。日夕气清，悠然其怀。

翼翼归鸟，戢羽寒条。游不旷林，宿则森标。

晨风清兴，好音时交。矰缴奚施，已卷安劳！

——陶渊明《归鸟》

　　鸟儿是春天的精灵，它们在温暖柔和的春风里翻卷着柔暖的翅膀，自在地飞翔；它们可以自由地飞到自己渴望的地方。累了，再回到树林里停歇，享受清凉的林荫。

　　大千世界，鸟儿不管飞得多高多远，最终还是要回到自己栖息的树林。再广阔的天空，再壮美的风景，看过，领略过就够了。栖息的山林，才是

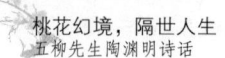

鸟儿最美最温暖的归宿。陶渊明也是这样的一只归鸟，在这个春天才飞回自己的家园……

归于田园的陶渊明，是一只自由的鸟儿。白日里，在天空中展翅翱翔，看尽山光水色，园林美景；黄昏时，他翩然归巢，享受最宁静的温暖。

这又像极了他的一生，他为了理想，在天空中飞旋舞过，他用尽青春的力量，想要在东晋王朝这一片天空中，高远地飞翔。可是，在一番努力后，看尽云山花海，看尽尘世起伏后。他也累了，倦了，终是安然地回来了。陶渊明出神地望着天边盘旋而归的鸟儿，心中不免遐思无限。

春季，是一个美丽而充满生机的季节，青山绿水，暖日和风，莺歌燕舞……灿烂春色，总会让人心中生发起一种柔暖的快乐。

每天去田间耕作时，陶渊明都会路过那片百鸟栖息的树林。每一次经过，他都要驻足观望良久。鸟儿飞上蓝天，飞到高高的山岭之上，他看得如痴如醉。那美丽的画面在他的心中久久挥之不去，他不想忘记这美丽的光景，他想深深地记住这永恒的一刻。用美丽的词句，锁住那最美的时刻。

他的爱与真情，融在每一个字中。只言片语，便能将人带入那绝美画境。

然而，今时今日，山林对于我们来说已经失去了神秘感。山林只是一群植物，失去了盎然生机，更失去了曾经纯美宁静的气质。明明眼前拥有美景，却不能用心灵感受。今时今日，方才明了，改变的不是山林，而是我们的灵魂。

归于山林的陶渊明，重拾了爱与自由。他的眼眸里，他的诗文中，总是会自然地氤氲开一片美景。

他说："远之八表，近憩云岑。和风不洽，翻翮求心。"早晨离开森林的飞鸟，远的可以到达八表之外，近的就栖息在刺穿云层的山峰上。如果遇到阴冷的风，预测到前路艰险，聪明的鸟儿就会掉转方向，飞回到它们的山林里。

"遇云颉颃，相鸣而归。遰路诚悠，性爱无遗。"

每一只高翔的鸟儿，都有一颗思巢归隐的心，这也正是陶渊明的心意。所以，为了自己潜藏在心底的渴望，无论归途有多遥远，无论前路多么曲折，鸟儿们终会抵达。

再高远的天空都难再吸引它们，旧林的依恋已经深深地长在了生命里。所以，归于旧林，才是生命最终的路。

在那个壮美的黄昏里，陶渊明出神地想着，自己就是一只眷恋旧林的鸟儿。看尽了沧海琼花，他便不再出游，安心地栖息在那熟悉的枝头。

从前的政治路途里，他看尽了繁华的真相，最终大失所望。黑暗的政治，如同牢笼，困住了他的心，锁住了他的快乐。然而，在一番挣扎后，他终于回归到了山林田园中。

此时此刻，他生活的那个世上，正有无数只归鸟，从黄昏的天空纷纷落下来。他终于可以自在、满足地为自己活着。在卸下儒家加在他身上的"修齐治平"的功名枷锁之后，他终于成为了自己。

收拢了羽翼，他内心难言的痛苦，都被深深掩埋。在灵魂的家园里，痛苦是一种不常见的事物。

陶渊明这只奋飞回翔的归鸟，敛起翅膀站在清凉的树梢。遨游在这片旷远的林中，栖息在最高的树上。

既然不能做翱翔九天的大鹏，那就做一只快乐的学鸠，穿梭飞舞于丛林之间，这样也好躲过猎人的弓箭，自由自在地度过今生。

昔日的旧友已经烟消云散，但又来了许多新朋，林间的啼唱依然和谐动听，早晚的空气依然清新舒畅，涤荡着他恬淡悠远的胸怀。

在断壁残垣间，可以看出一些曾经生活的痕迹，每一块残瓦里的回忆，都那么清晰。这里，每一处荒凉的景致都能勾起他更多的回忆……三十年，沧海成了桑田，原来，故人已去，只留这一片荒芜和寂寥，留与他这白发人去追忆。

故人已去，留在陶渊明心中的，只有绵绵的思念和美好的回忆。人生本来就是一场大梦，最终都要回归到空虚寂寞的死亡中。

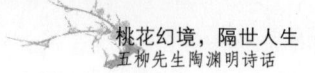

远游：穷居寡人用，时忘四运周

穷居寡人用，时忘四运周。

榈庭多落叶，慨然知已秋。

新葵郁北牖，嘉穟养南畴。

今我不为乐，知有来岁不？

命室携童弱，良日登远游。

——陶渊明《酬刘柴桑》

一叶知秋，又是一个载满了丰收喜悦的季节。那年秋天，无论是以前的熟田，还是开垦出来的新地，都有不错的收成。有一天，刘遗民从庐山给他寄来一包草药，还附上一首诗。

好友盛情，陶渊明当然要和诗酬答。

窗外秋色正浓，田野里一片片金灿灿的，照耀得人心中一片烂漫和喜悦。他在这首《酬刘柴桑》的诗中表达了丰收后的喜悦心情，开心得如同孩童一般。

陶渊明的家住在偏僻的郊野，他整日与那田野山林为伴。这里人烟稀少，路途不畅，老友很少来到这里探望。

若不是四季轮回更替，他已经记不得时间了。当巷子里、庭院里铺满了落叶，他才忽地发现，原来秋天到了，又是收获的好时节。他和普通的农人一般，望着金灿灿的田野，脸上溢满了满足的笑容。

他兴奋地告诉老友，葵菜在北墙下的长势极好。一望无垠的田野里，饱满的稻穗都笑弯了腰。秋阳烈日，在尽情照耀，那片美丽的田野格外灿烂。这每一株稻穗，都有他辛苦的汗水，收获的喜悦，难以胜数，那要远远大于高官厚禄。

满足源于宁静的心海。越是简单的自然的事物，越能够触动人的心弦。字里行间，我们都不难发现，他是真的快乐。

再多的名利，也难以填满欲望的沟壑，而平凡的琐碎小事里，陶渊明却能找到最大快乐。

由此，我们才知道，原来，快乐与幸福无关外物，而是人的内心。陶渊明在看尽了尘世起伏后，已经淡然彻悟，尘世种种，他早已心无挂碍。只是在这浮生里，享受这田园里宁遏，及时行乐。

他劝老友也不要来送药了，老朋友的关心他自然心领，然而，这些草药，他真的是不需要了。他已经把生死看淡，任何生命，都将走向一个必然的终结，何必要过度思量，倒不如顺其自然，珍惜眼前的光阴美景。

现在，他只想活着的时候能够舒心快乐。眼前，他即将带着自己的妻儿，在浩荡的秋风中登高远游，享受那人间极乐去了。一切尘世功名难以与之相比。

平静的生活，也有烦恼，有时，情绪无缘无故地低落消沉。宿醉酒醒后他感到莫名的惆怅，夜幕将至他感到难言的苦涩……

青年时的理想彻底破灭，平生的抱负难以施展，毕竟是陶渊明心中永远难以消弭的伤痛。

偶然间，陶渊明读到董仲舒的《士不遇赋》和司马迁的《悲士不遇赋》，字字如针锋，他感觉到自己内心深处被撕扯开来，有一种情绪，在涓涓流淌。

"自真风告逝，大伪斯兴，闾阎懈廉退之节，市朝驱易进之心。怀正志道之士，或潜玉于当年；洁己清操之人，或没世以徒勤。故夷、皓有'安归'

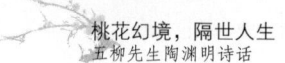

之叹，三闾发'已矣'之哀。"

淳朴的世风逐渐消失，虚伪成了社会流行的风气，廉洁的操守被人们遗落。朝廷上下滋生出一片浑浑噩噩的不正之风。

那些心怀正义、循规蹈矩的士人，在正当有为之年却不得不归隐山林；而那些洁身自好、操守清高的贤士却徒劳了生命，默默逝去。所有真善美都在逐渐地遗失。所有黑暗与丑陋如同恶魔一般在世间横行。这样的世界，是昏庸者的乐土，是贤能者的悲哀。

伯夷叔齐和商山四皓都有"安归"的叹息，三闾大夫屈原发出"已矣"的哀鸣……

败坏的社会风气像一张巨型的网，让正直善良的士人提心吊胆、担惊受怕。他们只好逃离混浊不堪的官场，躬耕田园，与那山林为伴，淡然度过此生。

贤能之人，必然要忠于君主，既然乱世容不了贤者，他们只能做个德行善良的乡人。

一生饱读诗书，却要埋没在田野里，这怎么可能是他们最初的愿望？只是这个世道是非颠倒、善恶不分，再高的热情，也被浇熄了，再美的图腾，也难描画了。

古往今来，多少才俊之士都被埋没，真有机会施展抱负的是凤毛麟角。

张释之做官十年一直默默无闻，假使没有袁盎当面向汉文帝举荐，他的才能永远都要被埋没。一瞬间的错过，就可能断送一种人生。

冯唐年近花甲还只做到郎中署长，如果不是靠着替魏尚论功的建议被汉文帝采纳，终生都会人微言轻。如果没有那一个建议，历史又将少了一位贤能。有多少个一瞬间，都系着一生命运，分毫也不能差。

贾谊聪慧过人，有远见卓识，却终生郁郁不得志，就像千里马始终被拴在马厩里，他是多么的不幸。

董仲舒知识渊博，学问精深，却多次身处险境，靠上苍保佑才侥幸逃脱……想到贤能志士却遭遇这样悲苦的命运，陶渊明心中涌起一声声哀叹，不禁老泪纵横。

　　看过了种种历史上正直高尚的士人，陶渊明也大概看透其中道理。他总结，贤能之人只能有两种悲惨的命运：或贫困潦倒而死，或遭嫉被谤而死。

　　伯夷叔齐不食周粟，跑到首阳山采薇而食，最后活活饿死；颜回那么年轻就命丧黄泉，家境贫寒，他父亲只好请孔子给他们车乘做棺椁。一代圣贤，就这样草草地了结了一生。

　　李广从年轻时就与匈奴作战，金戈铁马，挥斥方遒，他是一个民族的英雄，然而雄心壮志却受到小人摧折，他的功，足以封侯拜相，可是他却一无所得。

　　汉成帝时的王商尽心规划拯救时弊，他的言论虽然被采纳，但祸患也接踵而来，他始终难得信赖，招致诸多祸患。

　　烟花易冷，人世易变，有时命运厚泽贤者，有时却又让贤能者遭遇祸患。历史已成定局，却无人能预知未来变幻。更是无人能揣测其中的道理。

　　陶渊明宁可坚守贫寒的生活求得舒心惬意，也不在官场委曲求全糟蹋自己。高官厚禄并不值得让人感到荣耀，身披破衣，他却更觉得安心和满足。

第二章

归去来兮，田园将芜胡不归

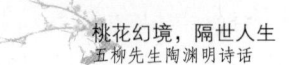
独饮：世间有松乔，于今定何间

运生会归尽，终古谓之然。世间有松乔，于今定何间？

故老赠余酒，乃言饮得仙。试酌百情远，重觞忽忘天。

天岂去此哉，任真无所先。云鹤有奇翼，八表须臾还。

自我抱兹独，僶俛四十年。形骸久已化，心在复何言。

——陶渊明《连雨独饮》

公元四〇六年，这年五月六日是程氏妹妹死去十八个月的忌日。按照当时的丧俗，为已经出嫁的姊妹应当服丧九个月，称为"大功"。而陶渊明在妹妹死去十八个月时还到她的坟前祭奠，等于是为妹妹服了两个丧期。

祭奠完程氏妹妹回来的路上，陶渊明沉浸在生离死别的痛苦之中。妹妹都去世了，他的生命也将尽了。

他真切地感受到，自己的身体一年不如一年了……接下来的几天阴雨连绵，朋友们都垂垂老矣，不可能冒雨前来探访，陶渊明也无法外出，只好把自己一个人关在家里喝闷酒。他写下了《连雨独饮》一诗。

饮一壶酒，能否抵得住一场大雨里滋生的孤独？

赏一场雨，其中况味，究竟是乐还是苦？

他，从一个遥远的时代，穿越千年光阴，给了我们一个最完满的回答。

四〇四年的初夏，遥遥古晋，沉寂在一场大雨里。陶渊明对着大雨的天空独酌。他望着天，看着雨，心中无限遐思。雨一直下着，似乎想要彻底清洗这垢乱的世事。可真正的大乱，在人心中，又有什么可以清洗得掉呢。

雨，总是容易感染人的思绪。雨中的慨叹，雨中的思念，雨中的愁……雨里，总是会有诉说不完的故事。

世事纷乱，凉了人心，一场连绵雨水，更是添人几分愁绪。陶渊明不得不提起酒壶，喝上几口，来温暖心头的冰凉。酒融入了雨水，水天相连，连成一片。一杯酒落下，他的思绪也随之飘起。

寒暑暗转，物华偷换，他已经走了四十载人生路。按照孔子的说法，四十岁已是不惑之年。然而，功成名就对他来说是一个伤感的理想。

他用酒抵御着来自世间无孔不入的寒冷。酒水融入雨水，水天相接的深处，有一团思想的火光，发出微亮与微温。他对自己的诚实，对生命的呵护，对生死的豁达，都无法不叫人去欣赏他，尊重他。他的诗文不光会带给人们一种极美的享受，更会使人们感到幸福，有所慰藉，有所依靠，有所感动。读他的诗文，如同烤火取暖。

他已经四十岁了，不惑的年纪。功未成，名未就。他为此陷入深深的思索之中。光阴荏苒晕染了岁月的伤愁。生命枉然，来去匆匆。他不知道该要给自己一个怎样的定义才好。

"运生会归尽，终古谓之然"，萧然沉思，他窥见生命的路。生命的运行辗转，所有繁华都将如烟云流过，所有的苦难都将化为尘土。生命的尽头，一切都将尘埃落定。人的一生必定有尽头，古往今来都是如此。传说世上有不死的仙人赤松子、王子乔，可又有谁亲眼见过他们？

"故老赠余酒，乃言饮得仙"，老朋友赠他以佳酿，说喝了可以成仙。他笑着豪饮，果真似仙飞升。忘记了天下，也忘记了自己。再多喝几口，只觉得腾云驾雾飘上了青天……

可他何尝上得了天？只不过是天与自我浑然一体了，天就是我，我就是天。只要坚定持守那一份人性中本来具有的朴素与真纯，就没有什么境界

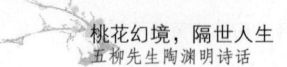
不能超越。心灵就会像一只翱翔云天的仙鹤，可以飞向四面八方，也可以在瞬间飞还。

孔夫子年十五而有志于学。想起曾经，他也是在那样的年纪，就抱定了真心面对一切的人生态度。勉力而行，已经有四十多年。虽然形骸已老，但那颗真诚的心灵一如曾经，没有丝毫的改变！

人越到老年越容易虚伪，而陶渊明的可贵恰恰是一生都保持着真心。童年时候他是以真心对待自己的妹妹，成人后他也是以真心对待妻儿和朋友，对待自己的仕途。

如果不是为了保持那一份真诚，不是为了心无愧疚，他在江州刺史府里就会有一个美好的前程，他也可以跟着桓玄和刘裕做到朝廷的高官，他更可以在彭泽县衙悠闲自得地做他的县令……正是为了保持这一颗真心不被污染，他放弃了一切世俗的功利，归隐到田园，做一个自食其力本本分分的农民。舍弃这一切他并不后悔，因为他得到了心灵的宁静与安稳，可以毫无遗憾地走到生命的终点……

这宁静的田园，就是他自得自乐的仙境。他感到自己是一只云鹤，纵然是去过云海仙境，最终亦将会归巢。

超脱是一种放达的精神境界，超脱亦是一种难以名状的孤独。"自我抱兹独，僶俛四十年"，他守着这份孤独，已经足足四十载。四十载人生，漫长的半生半世。

光阴在他身上镂刻了痕迹，幸而他守住了自己的心。心灵的回归胜过一切。有酒时便纵情豪饮，无酒时便自斟心中酒。如此自得自乐，恐怕是神仙也难以企及。正如《庄子》中所阐述的，"生时乐生，死时乐死，死生无变于己"。

陶渊明是一个热爱生命的人，喜欢赏雨饮酒，享受惬意的人生乐事，他珍惜这种幸福。雨水淅淅沥沥，缠绵相连，酒水在摇晃的杯中微颤。身处这茫茫雨中，所有尘世的烦恼和喧嚣都将抛诸脑后，他将化成雨人，融进这自然的万物里。他将每一片生命美景都一一记录下来，化成古风遗韵，滋养着后人干涸的灵魂。

　　一个物质丰盈的年代，不缺佳酿，不缺美景。多情的雨水依然如数坠落，任它再溅起水花千朵，却再也陶醉不了我们的心。

　　陶公在雨中饮酒的自得之乐，再也无法复制。我们不断拼搏的生命路途中，究竟失去了什么。为什么得到越来越多，空虚感却只增不减？我们的心有多久没有宁静和满足过？

　　从陶渊明的诗句中，我们该窥得见其中一二。人生来过，当是学会珍惜，珍惜生命中每一处风景，珍惜内心深处每一寸的聊赖和孤独。爱自己，爱真正的自己，才算是不枉负生命华美的光年。

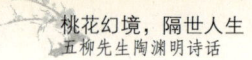

遭遇：一宅无遗宇，舫舟荫门前

草庐寄穷巷，甘以辞华轩。

正夏长风急，林室顿烧燔，

一宅无遗宇，舫舟荫门前。

迢迢新秋夕，亭亭月将圆。

果菜始复生，惊鸟尚未还。

中宵伫遥念，一盼周九天。

总发抱孤介，奄出四十年。

形迹凭化往，灵府长独闲，

贞刚自有质，玉石乃非坚。

仰想东户时，余粮宿中田，

鼓腹无所思，朝起暮归眠。

既已不遇兹，且遂灌我园。

——陶渊明《戊申岁六月中遇火》

人生在世，总会有一些灾难，让人措手不及。原本沉浸在田园生活中的陶渊明，突然有一天，灾难降临，打破了原有的宁静悠闲。

公元四〇八年，政治舞台依旧风云变幻。司徒兼扬州刺史王谧病死，东晋朝廷开始了新的权力斗争，刘裕与刘毅的明争暗斗愈演愈烈。明月孤凉，江山破败，纵使是繁华闹世里，也透着一片荒凉。

而如今，这些政治纷纭终于和陶渊明再无瓜葛了，他只是个闲品风云的看客，心在红尘世俗之外。此时，再听到这些官场消息时，他只是微微笑笑，抑或沉思一会。那些曾经的执着，如今都已成过眼云烟，此时此刻，他只想在田园中安宁地过自己简单古朴的生活。

只是，灾难骤然到来，打破了陶渊明全家的宁静，转眼间，那些曾经的灿烂，都在一夜之间化为灰烬。

那年夏日，阳光炽烈异常，仿佛榨干了空气中的水分。火是半夜三更从灶房里烧起来的，陶渊明全家从睡梦中惊醒时，火势已经十分猛烈，如同肆虐的猛兽，残酷地吞噬着它所及的任何事物。

陶渊明那夜宿醉未醒，是被儿子背出去的。他迷迷糊糊地听见夫人和几个儿子在喊叫，有阿舒媳妇的啼哭声，还有四面八方各种声音。火光照亮了那一小片空地，灿烂而凄艳。

凉风一过，陶渊明才猛然惊醒，梦里还在田间饮酒赋诗，可醒来后，一片凄然火光正肆虐地啃噬着他最爱的家园。

周遭早已乱成一片，左邻右舍老老少少都飞奔过来，提着水桶大喊大叫，整个村子的狗也在此时一起狂吠。夜里长风呼啸，风助火势，火借风威，眨眼之间就烧透了！火光冲天，狂乱地欢舞，几欲要撕碎这一家人的心。

陶渊明怔怔地看着一条条火舌在茅草屋顶上游窜，如洪水一般向四周蔓延。火光从门窗和墙缝一闪一闪地映射出来，八九间草屋活脱脱像一排大灯笼！

而此时此刻的陶渊明只能眼睁睁地看着家园在顷刻间化为灰烬。一阵浓烟卷过来，呛得他双眼流泪，忽地就昏倒了。火光烧毁了梦境，他迷蒙中看到的，已经不是如诗如画的山林田园，而是一片漆黑。

也不知过了多久，他自己苏醒过来，看到众邻居正齐心合力，将几间屋子的大梁推倒，让屋子坍塌下来。一桶桶水泼过去，水与火相互缠绕，相互

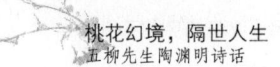

抗衡，一个小时才将大火扑灭。陶家那八九间草屋，已经烧了个精光。所幸的是粮仓保住了，还不至于让这一家人太过绝望。

陶渊明一家人围坐在一起，看着烧成灰烬的草屋，呜呜咽咽啼哭不止。只叹，那世事无常，难以把握。一个时辰以前还是温暖的家，还是全家人的栖身之所，转眼就化为灰烬，只剩下满目凄凉。

天已经蒙蒙发亮，一线通红的阳光将园田居微微照出个轮廓，断壁残垣间还有青烟冒出。庭院中的树木被烧得乌烟瘴气，地面又被浇得泥泞不堪，瓜果蔬菜也被救火者践踏得一片狼藉。这个黎明对于陶渊明一家人，真是凄惨异常。

小儿子阿通趴在母亲怀里，迷茫地问着要去哪里，翟夫人只是眼神涣散地摇头。

儿媳妇们全身被烤得脏污凌乱，还带着灼伤的伤口，呆呆地坐着发愣，浑身上下蒙着一层烟灰又糊着一层泥浆，如泥胎土偶一般。

陶渊明眼前一黑，两耳嗡嗡作响，几乎又要晕倒。他急忙伸手扶住身边的树干，竭尽全力支撑着不倒下。他知道，这个家还需要他来支撑啊……

翟夫人抬起头望着他，一言不发。

陶渊明一家在渔船上住了一月有余，秋天即将来临，他夜不能寐，写下了《戊申岁六月中遇火》这首诗。

草庐穷巷是陶渊明身心的归处，他不羡慕别人有广厦千万间，只想要守着自己的穷庐安然地度过生命最后的时光。宁静、悠然，就这样淡然度过此生。

然而，命运总会给人一些始料不及的际遇。夏天里的一个夜晚竟然会刮起大风，一场大火从天而降，火光高挺，将他心爱的家园化为灰烬。心中一片灰冷的他，实在难以找到安身的居所，只好将两条渔船拖到家门前，全家人都住到了渔船里边。渔船飘飘悠悠，让他心中始终踏实不下来。

在渔船上度过了一个个凄凉的夜晚，如今已一月有余，夜风越来越

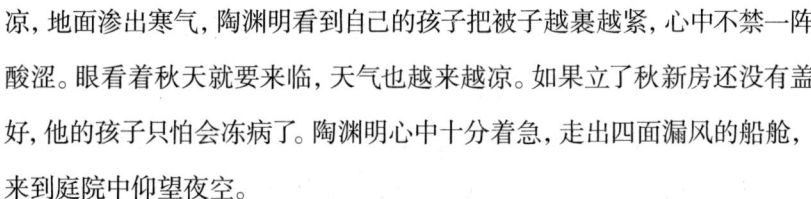

凉，地面渗出寒气，陶渊明看到自己的孩子把被子越裹越紧，心中不禁一阵酸涩。眼看着秋天就要来临，天气也越来越凉。如果立了秋新房还没有盖好，他的孩子只怕会冻病了。陶渊明心中十分着急，走出四面漏风的船舱，来到庭院中仰望夜空。

月亮眼看又要圆了，可面对的依然是几堵断壁残垣！一片荒凉的景色，在这岑凉的夜里，更惹愁肠。

补种的果菜虽然重新开始生长，受惊的鸟儿却再也没有回还。多少个难眠的长夜，他在庭院中伫立，目光在莽莽天穹中尽情地回旋，思绪在这天地之间飘飞。

陶渊明不禁回想，十来岁时自己就养成了孤僻耿直的个性，到如今已经有四十多年。即使落到今天这步田地，他没有后悔当初辞官归隐的人生抉择。这一辈子立身处世都听凭命运的安排，从不蝇营狗苟违背本性，所以心灵深处永远恬静安闲。一场火灾又算得了什么，岂能改变志向和气节。坚贞刚强就是他生命的本性，足以和璞玉顽石比肩，经得起天灾人祸的考验！

这一轮圆月和满天的星斗，一定也照耀过上古时代。那时候道不拾遗、夜不闭户，从田地里打上来粮食后，就储存在地头路边。

那时的人们填饱了肚子就到处游玩，大清早起来辛勤地劳作，一直到夕阳西下才回到家中安眠。可叹他却没有生活在民风淳朴的时代，料想以后再也不会有那样的太平盛世了。他只好辛勤地侍弄自家的田地，浇灌自家的菜园，祈祷能够自食其力，平平安安地度过余生……

这场火灾是个沉重的打击，但并没有将他击垮。只要能从火灾中挺过来，今后就没有挺不过去的困难。那个夜晚面对烧成灰烬一无所有的家园，陶渊明更加坚定了安贫乐道的信念……

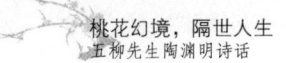
淡心：去去百年外，身名同翳如

山泽久见招，胡事乃踌躇？

直为亲旧故，未忍言索居。

良辰入奇怀，挈杖还西庐。

荒涂无归人，时时见废墟。

茅茨已就治，新畴复应畬。

谷风转凄薄，春醪解饥劬。

弱女虽非男，慰情良胜无。

栖栖世中事，岁月共相疏。

耕织称其用，过此奚所须。

去去百年外，身名同翳如。

——陶渊明《和刘柴桑》

　　一把大火，将原本宁静的田园生活化为灰烬。刚刚还鲜活的家，转瞬间，就消失在回忆里。一切皆无，陶渊明心中沮丧过后，便淡然了。没了这栖身的草庐，这天地也就都是属于他的了。他感觉到了更大的自由和拥有。

　　其实，田园并非是一种特定的风景，而是一种平静宁和的心境。任那火光再闪耀，也无法摧毁他心中的纯净圣地。

他望着风烟去处，心中浮起层层遐思。田园成了一片死灰，他的心境却一片蓊郁，成为历史风烟里一片难得的旷远和幽境。

前方依旧陆续会传来政治和战争的消息，一波连着一波，像是永远没有终结的戏曲，可悲、可笑、可叹。东晋在刘裕辅政后，经过这几年的休养生息，政局趋于稳定，国力有所增强。这对于百姓来说，算是件好事，乱世里，现世安稳，真是难能可贵。刘裕决定兴师北伐，收复失地，于是，他带领大批军队，一路向北挺进。一场收复疆土的战争即将展开。

正当刘裕发兵北伐的时候，陶渊明收到了刘遗民的一封信，信中再次邀请他上庐山游玩居住。庐山犹如人间仙境，美得如诗如画。美景自然吸引人，可陶渊明知道，刘遗民其意并不在老友叙旧，而是想把他拉进白莲社。

为表明心意，他特赋诗一首。

刘遗民的好意让陶渊明感激涕零，却实在舍不得亲人和朋友，他是一个放荡不羁爱自由的人，佛教主张跳出红尘离群索居，而他寄居田园，是挚爱田园的宁静和淳朴，而并非要跳出浮世红尘。那人世迷茫，纵使他当时并未看透、看淡，却并非要彻底隔绝。他只是选择了尘世里宁静一隅。

陶渊明是性情中人，只要一离开家园，就对亲人和朋友充满了思念，朝思暮想、寝食难安，恨不得片刻之间就插翅飞回家园，纵使如今家园化为灰烬，他依旧心系这片土地。等到下一个春季，万物复苏之时，他的家园会慢慢重建，定比往日更加鲜活。

几天前，一个春风拂面的清晨，他拄着拐杖回园田居看了看。道路上杂草丛生、荆棘密布，然而，路途寂寂，看不到一个归家的人影，时不时还见到一片墟墓。

花开花谢，朝去夕来，生命在光阴里沧桑。时间深处，是一片寂寥和荒芜。

昨日已经不在，一年前这里还是寄托全家人的生活和自己的全部感情的家园，如今只剩下了眼前一片破败凄凉的景象。满心的期待播撒下去，

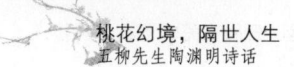
收获的却只是一片空旷和荒芜。

他在风中伫立思索，仿佛在瞬间禅悟，佛家的"空"和道家的"无"……

一切空无，便无所奢求，然而，一旦无所求时，任何一种获得，都是莫大的喜悦，而后，一切空相都会渐渐丰满起来。

南村的这几间草庐已经修整好，新开垦的田地也已经施肥耪锄，只要看到庄稼蓬蓬勃勃地生长在田地里，他的心中就已经是暖洋洋的了，幸福是艳阳，能够驱散那些心中不快乐的记忆……

寒风掠过，他敏感地感受到寒风的丝丝入骨，他忽然觉得自己真的老了，身体单薄得竟抵御不了这一丝寒冷。只能靠自家新酿的春酒来驱除寒冷，消渴解乏。自家酿的薄酒虽不及作坊里的醇酒有劲，但也足以用那酒香填满空荡的心，寄托情怀。

忽而，他又想起了那场火，让家园颓然化为灰烬，消逝在天地之间。然而，纵使家园已成灰，他还是会带领家人重新把家园建造起来。因为，这里才是他心灵的皈依。想起曾经忙碌不安的仕宦生涯，已经被岁月消弭，回想起来恍若隔世。但那的的确确是消耗了光阴而亲身亲历的人生片段。

现在陶渊明只是单纯地希望，一家人能够自给自足，其他也就别无所求。岁月匆匆而过，生命即将走到尽头，无论是身体还是声名，慢慢都会暗淡模糊，无影无踪……佛法讲轮回转世，可谁又知道自己的后世前生？只要今生能够平静安闲地度过，那便是最大的幸福了。

功名利禄的欲望小了，幸福则容易了。

重阳：蔓草不复荣，园木空自凋

靡靡秋已夕，凄凄风露交。

蔓草不复荣，园木空自凋。

清气澄余滓，杳然天界高。

哀蝉无留响，丛雁鸣云霄。

万化相寻绎，人生岂不劳？

从古皆有没，念之中心焦。

何以称我情？浊酒且自陶。

千载非所知，聊以永今朝。

——陶渊明《己酉岁九月九日》

秋天是一年中最美的季节，金灿灿的太阳，照耀着一望无际的田野。

重阳节，是一年最思念的日子，而这一年又经历了浪漫多愁之秋，更增添了浓愁，感情绵长地漾在心底，涌出思念的浪花。

九月九日是重阳节，是陶渊明最在意的一个节日。它给了他许多独特的意义，要格外纪念。

去年盛夏里的一场大火，让他的家园成了一片灰烬。全家人抢着在立秋之前盖起了新居，搬进新居后百事待举，还要忙着收获庄稼，整个秋天全家人都在忙碌中度过。可家人们却还未从劫难的悲伤中走出来，纵然是

131

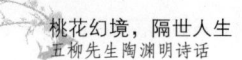

忙碌，心中还是不免凄惶。这一年，陶渊明是怎么也提不起兴致观赏秋天的景色，那南飞的大雁，那灿烂的金色，那摇曳的枝丫……一切的一切，都再也无法感动一颗哀凉的心。曾有多少诗句盘旋在心头，却始终流不到笔端。

辗转一年，又逢良秋美景，这秋季就像一个久别重逢的老友，让陶渊明备感亲切，心生愁云又温存了些许暖意。他温润的心，又渐渐复苏，为此特地赋诗一首《己酉岁九月九日》。

秋天每年都有，但每年的秋天又只有三个月。从初秋金色浪漫美景，到深秋的萧索寂寥，就如同一个生命的进程。九月九日，已经算是进入了这段生命的暮年。生命的迟暮，总会有一种说不出的宏大和壮美。

草木上的露珠，晶莹闪烁，在阵阵寒风中瑟索，像是多情人的伤心泪，惹人心底一片凉愁。

此时，陶渊明这个暮年之人，望着这茫茫的暮秋之色。景色映人心，他面对日渐枯黄的草丛和满院飘摇的落叶，心中自然而然地，泛起浅浅愁思，剪不断，理还乱。

秋天是清澈澄净的，乾坤朗朗，浩瀚无垠。一年中，从未像现在这么迢遥高远，人的胸怀也应该在这一天最为宽广豁朗。他的心，如那碧蓝的天一样，辽阔、高远。

秋蝉的哀唱，在寒风中也渐渐寂寥了。最后的一声哀鸣，也消散在了风中。秋的尽头，是生命的结束。一个凋零的季节，万物都在感伤。倒是远来的大雁在云霄中飞鸣，那个灿美的秋季，将要冷冻在素寒之秋。

生命的循环往复，是万物的规律，是亘古不变的法则。人生迟暮，众人心中往往会燃起落叶归寂寥的伤愁，然而，陶渊明却已经将这生命循环的规律看透。无论人生的苦与乐，他都能安然接受。在这九九重阳端起一杯酒，送这一遭生命，走向永恒的宁静，走向万古后世……

他的生命中，最让他留恋和牵挂的，是那醉人的酒香。那是自家酿的酒，浑浊里透着甘醇，那是这世界上最独一无二的味道，别有一番风味，迷醉了他的心。酣饮一壶佳酿，哪还管他个万世千秋。

在一年之中所有的节日里，重阳节最容易让人感觉到生命的脆弱和死亡的迫近，最能让诗人那颗敏感的心悸动和疼痛，所以重阳节也就成了陶渊明最重要的节日。

越是苍老了，就越是爱回忆了。回忆的不是事情本身，而是那背后的生命要义。一段岁月过后，再回首，会忽然发现——许多人，许多事，豁然懂了。

对于生命的思考，贯穿着陶渊明的后半生。他像田园中的一棵垂柳。既不追求长生，也不企望轮回；既不悲观厌世，也不放浪形骸。他在岁月的风雨里静静地观望、遐想，静静地去经历生命的荣衰……他的灵魂，在纷乱的世事中磨砺出一种宁静的力量，穿越千古，如清风明月，照耀后世之人。

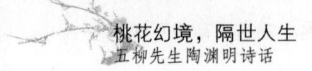

神思：应尽便须尽，无复独多虑

形赠影

天地长不没，山川无改时。草木得常理，霜露荣悴之。

谓人最灵智，独复不如兹。适见在世中，奄去靡归期。

奚觉无一人，亲识岂相思！但余平生物，举目情凄洏。

我无腾化术，必尔不复疑。愿君取吾言，得酒莫苟辞。

影答形

存生不可言，卫生每苦拙。诚愿游昆华，邈然兹道绝。

与子相遇来，未尝异悲悦。憩荫若暂乖，止日终不别。

此同既难常，黯尔俱时灭。身没名亦尽，念之五情热。

立善有遗爱，胡为不自竭？酒云能消忧，方此讵不劣！

神释

大钧无私力，万理自森著。人为三才中，岂不以我故！

与君虽异物，生而相依附。结托既喜同，安得不相语！

三皇大圣人，今复在何处？彭祖爱永年，欲留不得住。

老少同一死，贤愚无复数。日醉或能忘，将非促龄具！

立善常所欣，谁当为汝誉？甚念伤吾生，正宜委运去。

纵浪大化中，不喜亦不惧。应尽便须尽，无复独多虑。

——陶渊明《形影神诗三首》

时光在一圈一圈地打转，每一寸时光里都有丰富的故事。

那一年八月又发生了让陶渊明痛心疾首的事，他的堂弟陶仲德暴病身亡。死亡，总是和哀痛分不开的。

听到噩耗后的陶渊明急忙赶到陶仲德家中，未亡人茫然站在开始冷却的遗体旁，呆若木鸡。悲伤不仅仅写在每一个人的脸上，连那堂前的空气里，都涌动着死寂的哀伤。陶仲德不满十岁的大儿子胆怯地躲藏在母亲身后，拽着母亲的衣角，他的眼神里，写着茫然的痛苦。

庭院中的树木还是那般葱绿，蝉儿凄厉地哀鸣着，像是一声声死亡的哀号，屋子内外都空荡荡的。陶渊明走到弟妹身边，沉默了半晌，无奈地、只低沉地说出了一句节哀。

闷热的盛夏，又是亲人亡故。陶渊明时常感到有一种几欲窒息的沉闷。

在几天后的一个清晨，将陶仲德的棺椁送进了南山下那片陶家墓地里，将弟弟安葬。

痛苦总是会比快乐刻下更深的记忆，陶渊明清楚地记得，那天，天气阴沉，还下着蒙蒙细雨，淋湿了亲人的心。亲友们哭得伤心，那哀伤的调子，颠簸着他的心。

那天晚上，陶渊明老是想着慧远法帅的话，心里像有什么东西似的，一跳一跳地不得安生。

世人无论高低贵贱、贫富贤愚，都为了多活几天而奔波忙碌。道教幻想人能够超脱宇宙生命的法则而长生不老，佛教宣扬死后精神不灭还能轮回转世，其实都空洞虚无。只有达人君子明白宇宙运行的法则和万物相生相克互相转化的规律，能够从容地面对生死。

"体神入化，落影离形……"要是形体、影子和精神真的能够完全分

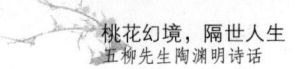

开，它们又会说些什么呢？

"形体"和"影子"各有其难言的苦闷，而只有"精神"能够解答它们的疑惑。那么，让"形体"、"影子"、"精神"三者之间来一场讨论，岂不是一场乐事？

一盏油灯的火光在欢快地跃动，微光映照着微醺将醉的陶渊明。他迷蒙着双眼倚靠在几案边，转过头来，望着那个自己熟悉的影子，陷入了深深的思考。

人生是一场寂寥的生命之旅。影子可谓是每一个人最忠诚的朋友，它伴随着每一个生命的始终。就如同那天与地永恒地存在，那些山川也没有太多的更改，花草树木依凭自然的规律，经历着一年四季的风霜雨雪，周而复始地繁荣凋谢，尽情地演绎着春夏秋冬绚烂的故事。

人在万物中最具智慧和灵性，却只有一次生命，不能像天地山川那样永恒存在，亦是不能像花草树木那样无尽轮回。

生命脆弱得像一片叶子，刚刚还在风中摇曳生姿，葱绿而充满生机，可转眼间就可能会被命运的风雨吹落枝头。它用尽生命的最后力量，在风中炫美地舞过，便堕入尘埃，永生永世地寂灭了。这就是形体的悲哀和恐惧呀。这样的事情，不知道这世界上究竟有多少人能够真的看透。

生命暮年，死亡已是将近的路。陶渊明对着自己的影子，倾吐心中的哀愁。

他在问影子，也是在问自己。如果自己真的从世间消失，谁会为自己的离世而感到悲伤呢？他猜想，自己生前用过的东西，被妻儿们偶尔看到了，睹物思人，也许会流泪思念。

生命死亡之后，是必然的殒灭，对于此，陶渊明毫无猜疑。他清楚地知道，短暂的是生命，永恒的是死亡。为了抵挡那万古的寂寥，他更要好好享受这现有的生命，悠然舒心地过好每一刻；他更要喝够这醇香的美酒，直沁满自己的身心；更要浇灌灵魂，在东篱之下，一醉千古。

陶渊明想象自己的影子，恍恍惚惚从地上站了起来，朝着自己的形体伸出手来。形体也伸手想把影子的手握住，但握住的只能是一团虚无。影子叹息了一声，说话了……

长生不老的神话实在不可靠，养生之术只会把自己弄得心劳力竭。

谁不想登上昆仑、攀越华山学成神仙之道？可这条道实在虚无缥缈，久已断绝。都是些徒劳的幻想，再多思虑，都是无用。倒不如想想那些有阳光的日子里，影子始终和身体相依伴，这样的人生，已然是不孤单。

而今，陶渊明已经是人生迟暮，他形体的大限一到，影子也将会与之同时殒灭。其实一个人的名声也是他的"影子"，一旦形体消灭，名声也不会长久地存留。当生命尽时，一切都是虚妄。那么，眼前一切，都无须强求了。

想到这些，陶渊明心生烦忧，五脏六腑如烈火烹油。他在想着，究竟什么才能够超越生命，在永恒中停留。

善良的德行，才能永恒地传世，所以，他告诫自己，要保持自己清廉的操守。有了操守就能立身处世，闲暇的时候再喝点酒，以此消解一生的忧愁。

存在与消殒都联结在一起，烦恼和困惑也没有分别，还需要多说什么呢？

古代的"三皇"都是大圣人，如今又在何处？传说彭祖享有八百岁的高寿，但最终也化为灰土。老老少少都难免一死，贤智愚鲁都埋葬在一处，匆匆行走一世，最终将走向共同的皈依。

天天醉酒也许能够忘怀生死，但酒其实是让人短命的毒物。

就算像影子刚才说的，行善固然能带来欣慰，可又有谁会将你长久地称颂？过多的思虑只会戕害自己的生命，最好还是听从自然的摆布。随着天地造化的推移运转，坦然面对生死，不欢喜也不恐惧。该结束的时候就结束好了，用不着自个儿劳神愁苦。

陶渊明不相信"形尽神不灭"，更不相信道教说的有长生不老的养生之术，他在这组寓言诗里对两者都进行了批驳。他表明了自己对生死的态

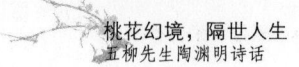
度：随顺自然，不喜不惧。也表明了自己立身行善并不是为了来生得好报，而只是旨在完善自己的人格，坚守自己的节操。

陶渊明写《形影神》的时候，耳畔不时传来小孙子的哭声，在寂寥的深夜里显得格外脆亮。翟夫人又在张罗着为老三、老四纳采问名，要是再娶进来两个媳妇，南村这几间草屋，肯定住不下。一家人商量商量，决定在园田居的旧址重新起几间草庐，让两位老人搬进去住。

等到公元四一五年春末，房子终于盖好，陶渊明夫妇就带着陶俟一家和小儿子阿通，搬回到旧居。

回到旧居，不免触景生情，陶渊明的心中有许多复杂的情绪，欣喜中又满含凄怆。这里本是陶家的祖居，一场火灾使他不得不离开。而纵然他住在别处，他的心中始终放不下这一片故居。六年之后，他终于又回来了，然而，物是人非，这里已经不是当初模样，那庭院外的街道依旧，只是不少房舍已破败凋敝。邻居家中的老人，多半都已经离世……

旧居，是陶渊明甜美芳醇的梦，如今，梦境走进现实，他的眼中却一片凄凉。

一步一步找寻往日的遗迹，每到一处旧址，都会感慨唏嘘。人生百年真如流动的幻影，寒来暑往日月不停地推移！

"常恐大化尽，气力不及衰。拨置且莫念，一觞聊可挥。"时常担忧生命已走到尽头，腿脚早就没有了力气。空想这些又有何用？还不如举起杯来高歌痛饮，让美酒温暖心田……

潇潇洒洒，才是人生。

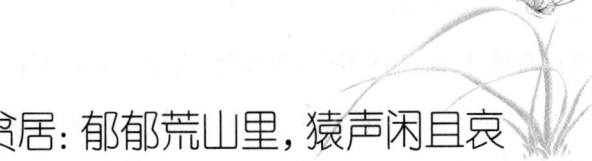

贫居：郁郁荒山里，猿声闲且哀

贫居依稼穑，戮力东林隈。

不言春作苦，常恐负所怀。

司田眷有秋，寄声与我谐。

饥者欢初饱，束带候鸣鸡。

扬楫越平湖，泛随清壑回。

郁郁荒山里，猿声闲且哀。

悲风爱静夜，林鸟喜晨开。

日余作此来，三四星火颓。

姿年逝已老，其事未云乖。

遥谢荷蓧翁，聊得从君栖。

——陶渊明《丙辰岁八月中于下潠田舍获》

又是一年，硕果之秋。陶渊明坐在那东晋王朝的田园一隅，看尽年年复复的秋景秋色，心中却回荡着与以往不同的遐思。

公元四一六年，这年秋天，南山下的庄稼又成熟了，田野，盛满了喜悦的金色光芒。一波一浪，柔柔地漾在人们的眼里，也漾在人们的心中。那是一种镀着暖金色的喜悦，这喜悦踏实而简单。

陶渊明一家忙着收割，去年收割的时候有好友颜延之派来的役力帮

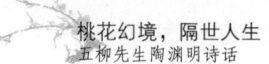

忙，今年全靠自家人。人手少了，自然会比往常更加忙碌。此时的陶渊明已是风烛残年，根本无法下田，但他还是拄着拐杖蹒跚到田头安然地坐下，看着儿子和门生们收割。

纵然身体疲乏，不能亲自下田收割，他也要来看一看这成熟饱满的庄稼，亲身地感受一下收获的喜悦。一担一担粮食，泛着金黄饱满的色泽，看得陶渊明心中欢喜。心里也是暖洋洋的。他自得地想着，那浮世的荣华，可远远比不上这满仓的粮食让人踏实。

他把两岁的孙子阿寅抱在怀中，对他耳语着自己心中的满足。孙儿嬉笑着咿呀儿语。陶渊明也时而展颜欢笑。陶渊明陶陶然仿佛醉了酒一样舒坦，黄发垂髫，共娱自乐。那被自己憧憬了许多年的桃花源，不就是眼前的生活吗？

陶渊明的儿子全都成家立业了，也是儿孙满堂了。这种简单和平静的生活，让他心中涨满了幸福感。所有功名利禄，都不过是天空的浮云，随着命运际会，可能转眼间就散了，唯有那平凡而宁静的幸福，是灵魂里长出的花朵，在亘古的流光里，永恒绽放。

闲静生活，难免心生遐思。陶渊明感受到了阳光的暖意，却忽地因为光阴惆怅起来。阳光给人带来温暖，却在一朝一暮的轮回间使人苍老。

屈指算来，自公元四〇五年辞去彭泽县令，如今已有十二年。十二年的时光不长，不过是一旬多的光阴，十二年的时间也不短，因为这其中的记忆已经可以成沓地拿出来细数了。

十二年前的那个秋天，他收获的是彭泽县令三百亩职田的庄稼，是做官换来的，而今天收获的完全是自家的劳动成果。曾经和如今，相隔甚远。

十二年前，八十多天县令赚来的微薄收入，早已经耗光了，他尝试一种崭新的生活态度，十二年中，他又经历火灾的打击，贫困和疾苦时时缠绕着陶家。饥饿和寒冷，他都一一亲历，留下了难忘的记忆。可那苦寒与饥饿虽然是苦了皮囊，但他的心，却始终都是欢喜的。

十二年后，他已经喜欢上了耕读的恬淡日子。陶渊明从没有后悔当初的抉择，在庐山上的隐士们纷纷下山出仕，他只是淡然地望着隐士们的背影，在东篱下把酒赏菊。他们出山，没有使他动心，反而让陶渊明更加坚定了隐居躬耕的决心。

那个纸醉金迷的官场，已经彻底地撕碎了他的报国梦。他对仕途，已经不再抱有幻想。

前几天听说他的好友羊松龄已经做了檀韶的长史，连庞遵都有了出仕的想法。

这个秋天他真是感触良多啊！世人都说他看不开，而他却在笑着，世人迷惘，看不透官场。感慨盘旋在心头，变成诗句，回家的路上他就打好了一首诗的腹稿。这首诗就是《丙辰岁八月中于下潠田舍获》。

他说，这几年我家的生活日渐困顿，全家人更加辛勤地在东林边耕种。且不提春天的劳作有多么辛苦，一年里还时常担心丰收的希望会落空。

秋天终于到了，田官也盼望能有个好收成，捎口信来和我逗趣解闷。忍饥挨饿的家人盼着能吃上饱饭而欢喜难眠，大清早就穿衣结带等候雄鸡的啼鸣。

庄稼收上来了，只要吃饱了肚子，我就到处遨游逍遥自在。可以划动船桨拨开平静的湖水，泛舟前行随清溪萦回。或者跑到杂草丛生的荒山里，听猿猴的啼啸是那么悲哀。

秋天的风光是多么美好，清冷的风总爱在静夜里喧嚣，林中的鸟儿则喜欢明朗的晨曦。屈指算一算，自从我立志归隐躬耕田园，到现在已经是第十二个秋天。

岁月不停地流逝，我已经垂垂老矣，但农田的劳作从不后退。即使不能亲自下田耕作，我也要每天到东林边走个来回。遥向古代的荷蓧丈人致意，我要以你为榜样永远追随。

收完麦子，陶渊明觉得这一年完整了。冬天，是陶渊明的第一个季节。

公元四一八年夏天，天也多愁起来，雨一直下个没完，陶渊明的心情总是苦闷。他喜欢自然的山水美景，他喜欢去自然中踏青游乐，而碰到天愁地惨昏昏沉沉的雨天，却无奈只能孤闷地坐在家中，任思绪飘飞驰骋。

大儿子陶俨和二儿子陶俟，已经拖家带口搬到浔阳县城居住，两个双胞胎儿子，携带家眷住到了南村，小儿子陶佟一家同父母一起住在园田居。儿子们虽然离得远了，不过，陶渊明并不孤单。几个不到发蒙年龄的孙子孙女，寄养在园田居由翟夫人带着。孙儿们蹦蹦跳跳地嬉戏玩耍，给陶渊明的生活带来了不少欢乐。

在那段寂静的光阴里，他时而还会思念起母亲，又会惦记起程氏妹妹和陶仲德，他会担忧他们的坟墓被雨水冲坏了，自己的亲人会难安息。

他也会偶尔想起那些已经去世或出仕的老友，自然也想起颜延之来，听说颜延之在晋军西征后秦的时候出使过洛阳。陶渊明料想，他应该是不会再到浔阳来，也许，今生无缘再见了。

他独自站在自家屋檐下，品尝着今春新酿的酒浆。故交老友都不知在哪里。

漫天的细雨霏霏扬扬，凝固的乌云凄凄惶惶。四面八方总是这么昏暗，广袤的大地一片汪洋。这是愁情豪情一起勃育的日子，是悲壮的日子，陶渊明一杯酒接着一杯酒，他独自一人沉醉在东窗。心中怀念着远方的友人，赶车车难走，坐船船难航。园中的树木翁翁郁郁，枝条上吐出片片芳馨。在风雨中摆动着婀娜的姿态。日月星辰在不停地运行。到底还有没有重逢的日子，再尽情地谈论你我的生平？

闲居：世短意常多，斯人乐久生

世短意常多，斯人乐久生。

日月依辰至，举俗爱其名。

露凄暄风息，气澈天象明。

往燕无遗影，来雁有余声。

酒能祛百虑，菊解制颓龄。

如何蓬庐士，空视时运倾！

尘爵耻虚罍，寒华徒自荣；

敛襟独闲谣，缅焉起深情。

栖迟固多娱，淹留岂无成。

——陶渊明《九日闲居》

时光的流逝，总会容易让人心生感慨。年轻的人，喜欢昂首遥望看未来，年长的人喜欢静默地回首看过去。而饱经世事的人，喜欢参悟生命。

再美的光景也会在时光中老去，看尽沧桑轮回后，他的容颜在岁月中逐渐衰老，皮肤完全失去了光泽；满头白发杂乱不堪，也没有心情去清洗梳理。随着岁月衰老的，不仅仅是容颜，还有那颗曾经饱满的心。

又是黄昏时分，屋外狂风乍起，朵朵冬云笼罩着远山。天气一天比一天寒冷，那些关于国家兴亡的消息随着寒风传来，陶渊明浑身一阵瑟索。

143

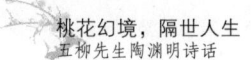

公元四一九年正月，大年刚过，然而，这个新年并不是欢喜。反而让人时时感受到一种几欲窒息的压抑。因为政治舞台上正在演绎一场悲壮的大戏。

朝廷"征召"在彭城的刘裕入朝，要将他晋爵为宋王，刘裕还假意推辞，直到这年七月，才接受宋王的诏命，以寿阳作为王国的都城。然而，对于这个野心勃勃的人来说，这仅仅是个开始，他的心中觊觎的，是整个东晋王朝。这江山一隅，远远满足不了他的狼子野心。

宋国的官吏建制同朝廷完全一样，刘裕建立起了自己的"影子内阁"。他一边步步为营地做着篡位的准备，一边严密监视朝野上下的反应，看还有没有敢于反对自己的人。

朝野上下的人，都平静了，他们都在平静地观望新王朝的粉墨登场。

这年九月九日，陶渊明坐在自家庭院中，面对着东晋王朝的最后一个秋天。静静地看着叶子无奈颓然地在一阵寒凉的秋风中落下。就如同那摇摇欲坠的东晋王朝，终于在历史的步履中，没落了。

满园菊花都要在重阳佳节争奇斗艳，菊花的灿烂，让世界显得更加萧条。秋风透着微寒，却衬托得那菊花更加冷艳，一如经年过往，却又比记忆里更加鲜艳。

世事一片浊乱，他却在南山一隅享尽清闲。

南山脚下只剩下陶渊明孤老一人了，世事轮转，带走了一些人的生命，又蛊惑了一群隐士的世俗心。所以，他彻底成了一个孤独的隐者。

他一个人枯坐在柳树下，遥望着天上的白云飞鸟，怔怔地出神。阵阵秋风吹拂到脸上，片片枯叶掉落在身边，他似乎全无知觉，一动不动地坐着，一坐就是好久。

也许，他的心中会生起一些关于树的思索。愿来生，可以做一株烟柳。看尽四季沧桑轮回，看尽花开花落，在寂寞的年华里枯荣；在年复一年里，历尽风雨，走向成熟。

那时，他不必再为自己背上苍生世事的包袱；那时，他不必再经历黑暗的人事纷争。只是默默地生长，默默地老去。不会再经历那种心死的悲哀。

他曾经被愤怒侵吞了灵魂。刘裕半途而废的北伐，觊觎皇位的狼子野心……那些政治的异变搅得他心中一片痛楚，痛苦会麻木心灵。陶渊明不愿将自己的生命在那徒劳的悲伤中消耗。他终于说服了自己的心，也准备平静地接受东晋王朝的覆灭。

但他痛恨刘裕夺取了司马氏的天下，也痛恨刘裕为了个人野心竟然轻易放弃北伐大业，放弃一百多年来整个民族都在期盼的统一和复兴……他心中，有太多痛。

刀光剑影本该是战场杀敌时才会有的景象，然而，那却成了官场内部斗争的缩影。他眼看着一个王朝，从最核心的部位开始腐烂。

这尘世，让他尝尽了无力的失望。他没有改变一个国家的力量，他最终选择了挣脱，摆脱那虚伪的缰绳。东篱之下，看尽人世浮沉。

他最痛恨的是这个争权夺利尔虞我诈的世道，是道德的败坏和人心的沉沦。为了躲避官场的刀光剑影，他回到了田园，为了挣脱世俗的名缰利锁，他选择了躬耕，而要洗涤内心深处的悲伤愤怒，他又一次把目光投向了自然……他用洁身自好，抵抗这污浊的世界。

人们都忧虑生命的短促，个个都盼着成为寿星。日月轮回四季更替，佳节的到来使他有了久违的好心情。"露凄暄风息，气澈天象明。往燕无遗影，来雁有余声。"晶莹的露珠在落叶上眨眼，空气是那么澄净，日月星辰显得分外光明。春天的燕子早已没有了踪影，雁群在高天里流淌着悲音……心如死灰，身如槁木，一个老人独自坐在秋风里，侧耳聆听这天籁之音！

饮酒能够祛除人生的忧虑，赏菊能够消解颓废的心情……内心深处真的已经风平浪静？一个身居蓬门蒿院的贫寒隐士，只能眼睁睁地看着东晋王朝大厦将倾！

他的酒杯已经积满灰尘，酒樽更是有点难为情，菊花徒然在寒风中开

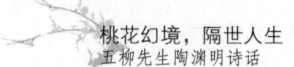

放，却一直没有赏花的心情。整整衣襟独自在秋风中咏叹，沉思默想勾起难得的诗兴。盘桓休憩本来有许多欢乐，隐居躬耕难道就一事无成？

陶渊明始终坚信，虽然他将默默无闻地度过此生，但他的诗文辞赋，一定会流传后世。也许一千五百多年后，还将有人能够理解他在东晋王朝最后一个重阳节的心情……

东晋从司马睿于公元三一七年在建康开国，历十一世，到司马德文逊位而亡，共历一百零三年。而刘裕就是这个王朝的终结者。公元四二〇年，刘裕黄袍加身，登上了皇帝宝座，改国号为宋，他就是历史上的宋武帝。

江山易主，消息如同烟花般绽开。

小儿子陶佟去浔阳城卖鱼回来。他兴奋地将刘裕称帝的消息告诉了陶渊明。他绘声绘色地讲述着从城里听来的新主的故事。陶渊明轻轻地"哦"了一声，然后三天没有说一句话。刘裕篡位登基的消息，是他心里的一根刺。

他没有流一滴眼泪，只是静默地躺在软榻上，眼睛涣散地望着，灵魂仿佛走进了另一个世界。他就那样一直在发呆，晚饭时间，儿媳把饭碗端到他手上，他夹了几颗饭粒到嘴里，嚼了嚼，然后就放下了饭碗，仍旧那么呆坐着出神。

他的夫人走到他跟前，张了张嘴，想说点什么，又始终没有吐言，默默走开了。那天夜里他辗转反侧，彻夜未眠，那个夜晚，不见朗朗明月，只有浮云在过往，氤氲着漆黑的夜。

第二天他仍旧躺在床上，不肯起身，也不吃一点东西。妻子和几个孩子一起商量对策。一是从今以后谁也不要在家里提晋宋易代的事，他们知道，每一次不经意的提起，都会触痛他的心。二是买一樽好酒回来，酒是消愁良方，如今愁化成了死寂的哀伤，就算是解不了愁情，能略微纾解心情也是好的。三是把家里的孩子都接来，看见自己可爱的孙儿们，他的心情就会好起来。

这些方法果然奏效，也不枉费至亲的苦心。好酒端到陶渊明手上，陶渊明就尽情地斟饮起来，顺带着，下酒菜也就随着吃了。

酒酣，入梦。梦中，一片宁静的清风，稻花香里，看尽丰收年。江山如画，一片太平盛世，他可以尽情享受自然美景，亦可以施展抱负，励精图治。梦里，这两种愿景，不再冲突，他终于认清自己，其实，隐居避世，并非他心中所愿。他只是恋上了一种心灵的宁静，又遭遇了乱世。所以，愿望的花蕾萎谢了，他只有另寻南山幽静之所，黯然寂静地开放。

一个梦，就是一生，他清晰地记得，梦里人生的快乐。所以，梦醒时分，心中的快乐依旧还在。

醒来已经是第三天清晨，他的气色好了许多，自己穿衣起来了。虽然还是不说话，但喝下去了早晨的稀粥。

晌午时分听到院子里热闹起来，住在浔阳城里的陶俨陶俟也带着老婆孩子来了，加上陶份陶佚家的孩子，七嘴八舌地闯进屋，都向陶渊明扑了过来。

陶渊明把最小的孙儿揽进怀里，想把他抱起来，抱了几下，竟然抱不起来！

陶渊明和他在园子里到处玩耍，近日来，他过度地悲伤，又未多进食，劳神费思，身体虚弱无力，很难抱起孙儿了。

子孙身上流淌着陶渊明的血脉，所以，孙儿的到来，也给了陶渊明不小的力量。吃午饭时他的饮食恢复正常，并且饭量更是见长。

第四天清晨，陶渊明一家老小，浩浩荡荡地来到南山脚下的陶家墓地。陶渊明不顾年高体弱腿脚有疾，执意要亲自打扫墓道。家人阻拦不住，只好争先恐后地抢着扫，让他少干一点。小儿子陶佟紧跟在父亲身后，怕他摔跤。正是暑热天气，有几次陶渊明恍惚要栽倒，但又坚持着没有倒下。

打扫完了墓道，陶渊明又一块一块地擦洗墓碑。每一块墓碑抬头的那个"晋"字，他擦洗得格外仔细。这样一直干到晌午，才将墓地整饬一新。

摆上了猪牛羊三牲和果蔬酒米，香炉里升腾起袅袅青烟，片片纸钱焚化后的灰烬在空中飞舞，陶渊明跪倒在地，深深下拜，抬起头来的时节，不禁老泪纵横……

他的灵魂，将永远活在那个随着历史烟尘滚滚离去的东晋王朝。如今的王朝，是他永生的异乡。

陶渊明更名陶潜，潜心笃志之意，表明了自己忠于晋室、绝不出仕刘宋新朝。

那天深夜，陶潜铺纸研墨，提笔拈毫，想写一首诗抒发悲凉的情怀，但心乱如麻，满心里，都涨满了无法言说的哀伤。笔从手中滑落，他痴痴地栽倒在床榻上。

凉愁：秋日凄且厉，百卉具已腓

秋日凄且厉，百卉具已腓。

爰以履霜节，登高饯将归。

寒气冒山泽，游云倏无依。

洲渚四缅邈，风水互乖违。

瞻夕欣良讌，离言聿云悲。

晨鸟暮来还，悬车敛余辉。

逝止判殊路，旋驾怅迟迟。

目送回舟远，情随万化遗。

——陶渊明《于王抚军座送客》

清秋时节，总是容易泛起凉愁。这年秋天，王弘送西阳太守庾登之回京都，送豫章太守谢瞻赴任，在湓口南楼摆宴饯行，邀陶潜参加。

夕阳半露，洒着红晕艳暖的霞光，江水半面殷红，残阳在水中瑟缩。

秋风夹带微凉，习习吹拂着南楼，四人衣带飘飘，把酒临风，遥望庐山，俯瞰长江，吟诗抒情。陶潜吟诵出《于王抚军座送客》。

他的诗中映着眼前那一片凄凉肃杀之气，"秋日凄且厉，百卉具已腓"。秋风一过，百花凋残，在这样一片凄凉的景色里，他们又将面对离别。登上高楼，送友人东归，心中无不惆怅，并且，这个秋天，不同往日，这

149

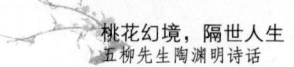

是刘宋新朝的第一个秋天，是一个崭新的开始。可对于陶渊明来说，却是悲伤的开始。

在陶潜看来，自然是凄风苦雨，残杀了所有的生灵！而命运就如同那自然一般，静悄悄地，就消弭了一个王朝。新的王朝虽然开始了，而陶渊明却如同那东晋的王朝留下的孤儿，在新的王朝中，孤苦无依。

怅然在心，伴着酒香，在他心中舞出一种凄美的情绪。他慨叹一声，向远望去。一双愁目望见，那缕缕寒气从山涧中溢出，游云被倏忽吹散，缥缈虚无，叫人好惆怅。水中的洲渚能寄托多少遐思？他的愁，是否能承担得了呢。

风向西吹，水向东流，风吹水面，掀起阵阵涟漪。眺望日暮时分的山光水色，在这丰盛的送别晚宴上，他们倾心诉尽别离和伤愁。

酒入愁肠，话离别。情绪涌在心口，愁情太浓冲淡了酒味。他忽地觉得这酒味有些寡淡了。

清晨飞出的鸟儿陆续回巢，夕阳渐渐收敛起余晖，就要匆匆谢幕。席终宴散他们终是各奔前程，未来的路，是各自孤独的旅程，又何必停车驻马，惆怅徘徊？眼看着归去的孤舟渐行渐远，心中的愁也被扯得更加悠远。万物寂寥，万丈情思浓愁，都消失在黑暗中。

在这个宴会上，陶潜记住了一个人——谢瞻。他才三十八九岁，却面色苍白，气虚体弱，咳嗽不止，他虚弱得像是只剩下了半个生命。整个宴会中他的眉头一直紧锁，锁着一种永远难以舒展的愁云。

谢瞻是谢玄的孙子，他的堂叔谢澹为刘裕主持了受禅仪式，亲自将象征皇权的玺绶从晋安帝身上解下来，佩戴到刘裕身上，被刘裕封为光禄大夫，官居极品；他的弟弟谢晦更是刘裕的心腹死党。谢家眼下正是荣华辉煌之时，陶潜万万没有想到谢瞻竟会如此颓唐。

经询问陶潜才知道，原来谢瞻一直担心年方而立的弟弟谢晦热衷进取，权势太重会给谢家闯下大祸。

弟弟越是被刘裕器重，谢瞻越觉恐慌。伴君如伴虎，个人身败名裂事小，只怕将来还要给谢家招来天祸。忧思成疾，身体渐渐弱了下来。他也不去医治，对于他来说，不寿，也许是一种福气。

谢瞻以死避祸，使陶潜更加觉得自己当初归隐躬耕的人生抉择是完全正确的。

陶潜和这三位官员走的是完全不同的道路，虽然生活贫寒困苦，但不用提心吊胆地在刀光剑影中周旋。他比谢瞻幸运，谢瞻要对整个谢氏家族的命运负责，要保证这艘显赫荣华的世族大船在波峰浪谷中平安航行，他竭力想把它驶向安全的港湾，但弟弟谢晦却要把持着它向惊涛骇浪中挺进！为此他心力交瘁恐惧忧虑，最后只好拿死亡来逃避责任。

这是谢瞻的最后一个秋天，下一年春天他就在建康病逝，死在了祖上世代居住的乌衣巷里。而五年之后，谢晦果然身败名裂，谢家子弟有八人受到株连被杀头，而将他们置于死地的，正是王弘兄弟。

一个风雨飘摇的时代，悲哀是贯穿始终的步调。

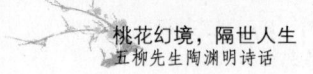
苦难：炎火屡焚如，螟蜮恣中田

天道幽且远，鬼神茫昧然。

结发念善事，僶俛六九年。

弱冠逢世阻，始室丧其偏。

炎火屡焚如，螟蜮恣中田。

风雨纵横至，收敛不盈廛。

夏日长抱饥，寒夜无被眠。

造夕思鸡鸣，及晨愿乌迁。

在己何怨天，离忧凄目前。

吁嗟身后名，于我若浮烟。

慷慨独悲歌，钟期信为贤。

——陶渊明《怨诗楚调示庞主簿邓治中》

有苦有乐，才是最真实的生活。隐士，并不是不染尘世的谪仙，而是平静人生的渴望者与追求者。陶渊明的隐士生活，有的不仅仅是安宁和闲适，还有苦难和烦愁。

这年夏天，烈日如火，炙烤着大地。连日未落半滴雨水，江州发生了几十年罕见的特大旱灾，庄稼成片地枯萎。农人无奈地看着庄稼，泪流未满面，就被那骄阳风干了。

许久之后，天降甘霖，部分庄稼才勉强得救。可偏偏祸不单行，旱灾过后又遭遇虫灾，那无数的小虫，无情地啃噬庄稼，每一口，都咬在了农人的心头。

到了秋天收获的季节，一连许多天阴雨连绵，庄稼大半都烂在了田地里。最后收获上来的粮食实在少得可怜，根本不够一家二十多口填肚子。这一年，可谓是灾难不断。

归隐田园也是要付出代价的，那就是生活的饥寒困苦。陶家只好早晚都喝稀粥，只有中午才能吃一碗干饭，全家老少都饥肠辘辘，面黄肌瘦。饥饿会让人格外清醒，那感受，也给陶渊明留下了深刻的记忆。

到了冬天，庞遵从建康来信问候。陶潜在回信中赋诗一首，写出了生活的困顿艰辛。

艰辛的生活，难免让人生怨，他将心中所有的怨怒都指向了刘宋新朝。邓治中以前也在王弘的刺史府里供职，是跟着庞遵一起到建康徐羡之手下任职的，陶渊明以前和他认识，诗中也提到他。

天公地道距离人世太遥远。既然天道不公，那么刘宋取代司马晋，也就不是什么天意如此；既然鬼神不灵，那么这一生的贫穷坎坷，也就并非是自己的命运，而是这黑暗不公的王朝使然。

时光匆匆，转眼间，已经是人生暮年。回忆就像是一幅长长的画卷。诸多曾经，都让他难以溯源。

陶渊明回想，自己十五岁结发的时候，就养成了善良忠厚的品行，然后努力修持多年，到现在已经是垂垂老者，还从来没有什么言行违背自己的良心。人生中，虽然没有衣锦荣华光耀陶家门楣，却也算上是从心所欲了。

弱冠之年，他带着满心期盼，外出游学求官。一路上艰险坎坷，见惯了世态炎凉，从希望到失望，一次次心底起落，却让他看透了许多。成家之后，妻室又连连夭折，让他尝尽了至亲离别的苦痛，也让他深刻地感受到了生命的脆弱。他在心中暗暗地呼喊：如果真有鬼神，那对他陶潜实在太不公平。

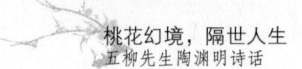

他有何错，命运要给他这样苦痛的折磨。

今年可是大灾之年，夏天骄阳似火，井枯河干，随后螟蟊害虫肆虐稻田。等到秋天，又遇到狂风暴雨的摧残，最后打上来的粮食，实在少得可怜! 那浅浅的粮仓，让他的心也不踏实起来。这一年的光景，究竟要怎样才能熬得过去。

夏季昼长夜短，白日里饥肠辘辘，实在难熬。

冬天的夜晚没有厚棉被盖，冻得哆哆嗦嗦，更是苦不堪言。

饥饿让人清醒，而清醒的头脑只能让他感受到更清晰的痛。

到清晨，就能喝到那一碗稀粥了，他于是坐起来盼着雄鸡早点啼鸣，盼着窗纸早点透亮……盼啊盼啊，总算盼到天明，可一碗稀粥下去，却更饿了。黄昏是一天里最难熬的时刻，直觉得肠子都粘连到了一起，格外疼痛难忍，这时就盼着夜幕早点降临，盼着早点入眠，祈盼进入梦乡就能摆脱饥饿的折磨。然而真正躺到床上，却又盼望起了清晨的那碗稀粥……日复一日，他的心中已经再也装不下其他家国愁愤，只是一心系念那一碗果腹的清粥。

多么真切的饥饿体验呀! 后世那些养尊处优饱食终日的文人学士，怎么可能有陶渊明这样对贫苦生活的真实体验，又怎么可能写出这么凄恻动人的诗句呢? 难怪他们一厢情愿地和陶拟陶，能够模仿的却只是陶诗的皮毛。

眼下的饥寒困苦，都是因为他选择了归隐躬耕的生活。因此，所有苦寒，都是他甘心承受的，只是目前的时局，令他忧虑担心。

他猜想，待千百年后，他会留下隐士的大名，名字被后人镀一层浮世华光。然而，纵使功名足有万丈，对于他来说，就像天上浮动的云烟，在眼际匆匆掠过便消散。满腔感慨无处倾诉，只能独自在北窗下浅唱低吟，到哪里去寻找听得懂高山流水的知音?

身后事，纵然无益于此生，但却能够使他的诗歌永远流传。即使历经千载，也不乏能够理解他的知音。他的情操和品格，也成为民族精神的一部分。

　　每一天的饥寒困苦，都是那么有价值。每一次的痛苦，都将会把他的灵魂打磨得更亮。

幻境：芳草鲜美，落英缤纷

晋太元中，武陵人捕鱼为业。缘溪行，忘路之远近。忽逢桃花林，夹岸数百步，中无杂树，芳草鲜美，落英缤纷。渔人甚异之。复前行，欲穷其林。

林尽水源，便得一山，山有小口，仿佛若有光。便舍船，从口入。初极狭，才通人。复行数十步，豁然开朗。土地平旷，屋舍俨然，有良田美池桑竹之属。阡陌交通，鸡犬相闻。其中往来种作，男女衣着，悉如外人。黄发垂髫并怡然自乐。

见渔人，乃大惊，问所从来，具答之。便要还家，设酒杀鸡作食。村中闻有此人，咸来问讯。自云先世避秦时乱，率妻子邑人来此绝境，不复出焉，遂与外人间隔。问今是何世，乃不知有汉，无论魏晋。此人一一为具言所闻，皆叹惋。余人各复延至其家，皆出酒食。停数日，辞去。此中人语云："不足为外人道也。"

既出，得其船，便扶向路，处处志之。及郡下，诣太守说如此。太守即遣人随其往，寻向所志，遂迷不复得路。

南阳刘子骥，高尚士也，闻之，欣然规往。未果，寻病终。后遂无问津者。

——陶渊明《桃花源记》

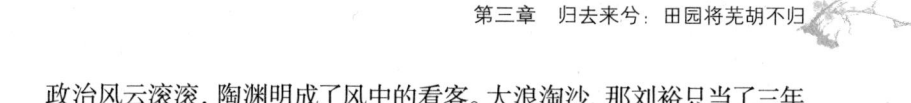

政治风云滚滚，陶渊明成了风中的看客。大浪淘沙，那刘裕只当了三年的皇帝，于公元四二二年五月病逝。一生生杀予夺，却成了帝王宝座之上一个短促的掠影。得失之间的苦与乐，陶渊明难以揣度。

刘裕去世后，刘义符登基称帝，第二年改元景平，史称宋少帝。这个十七岁的孩童根本不把国家大事放在心上，干出了不少荒唐事。江山无明主是国之大难，四位顾命大臣深恐有负先帝刘裕托付之恩，便想出废昏立明的主意。一场新的政治风波开始暗涌。

一朝荣华谢幕，另一朝纷乱又浮起。这一幕幕的历史大剧，陶渊明已经看透了。

这则故事在《晋书·隐逸传·刘子骥》里是这样记载的：

（刘子骥）尝采药至衡山，深入忘返，见有一涧水，水南有二石囷（圆形谷仓），一囷闭，一囷开，水深广，不得过。欲还，失道，遇伐弓人，问径，仅得还家。或说囷中皆仙灵方药诸杂物，骥之欲更寻索，终不复知处也。

隐士刘子骥的这则故事，本来平淡无奇，却激发了陶渊明的灵感。在他的心中反复漾洄旋绕。

转眼又是一年春天，桃花开得如火如荼，散落成一场盛大的粉色花雨。幽僻小径已经成了一片幽香的画境，一条漂满桃花花瓣的潺潺小溪，流向桃林深处……他顺着水流，缓缓探寻这如梦如幻的仙境。

一个疲惫困顿的渔夫，茫茫然摇着橹，在溪流上静静地推动着，然后又一网一网地撒下去，捞上来的只是水草和泥沙，还有满满的失望。

乱世把百姓逼上了绝境，山川湖泽，已经被世家豪族霸占瓜分，渔人们只好把小船开向深山更深处，指望在某一条罕为人知的荒僻溪流里，捕鱼度日。

破烂潮湿的衣衫贴在身上，他目不转睛地盯着溪水。溪水清澈晶莹，

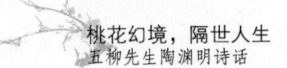

可这水中无鱼，再美的溪水，他也无心赏阅了。

他满眼惆怅，正有些意兴阑珊，忽地又看到一些花瓣从溪的上游漂来。花瓣细小纤弱，色彩艳丽。渔夫惊喜地往前行，溪水中漂浮的花瓣越来越多，像是一场盛大的欢迎礼。那满载着落花的溪流，惹得渔夫心中一片喜悦。

渔夫顿时精神抖擞，要赶上前去看个究竟。果然，拐过一个弯去，桃林赫然出现在眼前。

沿着溪流的两岸，一株株桃树袅袅婷婷排列开去，足足有几百步的距离。桃叶还只是嫩芽，桃花却密密麻麻地点缀着枝条，红色的像一团团火苗在燃烧，粉色的如一颗颗星星在闪烁。风儿也嫉妒它们的娇艳，将花瓣片片吹落，如蝶舞，如蜂旋，远远望去，林间是一阵粉红雨，像梦幻一般飘落。

小船驶进了林子里，渔夫沐浴在落花雨中，他的心情也为之喜悦。等过了这片林子，再撒一网，说不定就有鱼了。他继续往前行驶。溪流却越来越浅，小船划动得越来越吃力。莫非是到了溪流的源头？渔夫这样想着，终于划出了那片桃林，眼前突兀出现了一座大山！

这座山就像一扇巨大的屏风耸立在天地之间，它的阴影笼罩着那片桃林。渔夫仰头望去，山顶有几只苍鹰在盘旋。船橹已经触到了坚硬的岩石，小船很快就要搁浅了。

渔夫沿着水流的方向搜索过去，发现溪水是从一个山洞中潺潺流出的。这一泉清水，给了他莫大的惊喜。

他将船停泊在岸边，登上岸来，走到了洞口。他兴奋得几乎忘记了捕鱼的事情。冥冥中，有一股神奇的力量在吸引着他。一种狂喜和激动笼罩着他。

山洞有一人多高，里头黑黢黢的，但弯腰低头仔细观看，仿佛是一个明亮的光点在跳跃舞动。由此看来，这个洞一定是两头通的，这样想着，渔夫钻进了山洞。

溪水刚刚没到膝盖，他蹚着水往黑暗深处前行。蹚水的声音被回声放大，哗啦哗啦的。渔夫看着前面的那一点光亮，坚定地朝前走。那一点光亮渐渐被放大，变成一个圆孔，又变成一个圆圈，走了几十步，终于可以看得见洞口了。渔夫欣喜不已，加快脚步向洞口奔去。等他爬出洞口，天地豁然开朗，一个全新的世界展现在他的眼前，渔夫惊讶得张开了嘴，眼中写满了欣喜。他的眼前是一片宽阔平整的绿色田野，一道道田埂方正笔直，田野间还有一簇簇鲜花，蝶儿在花香里飞舞，这里柔美得犹如仙境。

这里四面环山，在群山脚下，在桑林掩映中，一排排屋舍鱼鳞般整整齐齐、密密麻麻地排列着，时而还能看见袅袅炊烟，悠悠地飘到天际，化作轻逸的云朵。

在不远的前方，还有一个美丽的大池塘，水虫在水面来回滑动。水草，像美丽的女孩一样，在风中美美地舞动。一道竹闸矗立在池塘和洞口之间，池塘里的水要经过竹闸过滤，肥美的鱼儿就这样全都被阻挡在池塘里了。

渔夫看见水面有无数条鱼儿游动的身影，它们争相雀跃地跳出水面，仿佛在欢迎渔夫的到来，看得渔夫心中一阵欢喜。芦苇丛围着整个池塘，白茫茫的一片，就像水雾一般，美极了。时而有风掠过，整个池塘都动起来了。一群鹅鸭在水中游玩，隐约还看得见几只小船，没有系缆绳，悠闲自在地漂荡。

山中不时传来樵夫砍伐的斧声，渔夫循着声音望去，一头牛正在山梁间休憩，他跟从牛的脚步，走到了田野边。禾苗的清香已经沁入脾肺，真是一块块良田啊，像酥糕那样松软，白鹭在山谷间飞绕……这里的每一处风景，都是渔夫眼中的仙境，他始终觉得自己是在梦中。几个牧童发现了渔夫，他们悄悄跟在他后面，时不时地相视偷笑，直到他走出竹林走到田野边，他们才开心地喊叫起来。无邪的笑声，在山间回响，像风铃一般。

渔夫大惊，转眼间田野里的农夫们都向他围拢过来。大家都用诧异的眼神打量着渔夫。渔夫也觉得奇怪，虽然自己是个外来之人，但是他的穿

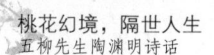
着与农夫们无异。他找不到自己引起他们惊讶的理由。

终于有人上前问了渔夫的来处。渔夫如实回答，可他的话却让农夫们惊讶，渔夫也很奇怪，看来这里的人们与世隔绝已经很久了。渔夫被热情地请进了村舍里。他们要杀鸡设宴，款待这位来客。

刚走进村子前面的那片桑林，就听见猖猖的犬吠声。桑树上那些采摘桑叶的蚕娘，都探出头来向人群张望。各家各户听说山外面来了个人，都跑出来观看，一时间村路两旁站满了人。这些人当中有鹤发苍髯的老者，也有垂髫的儿童，有头插野花的大姑娘，也有怀抱婴儿的小媳妇，面颊都带着红晕，嘴角都留着笑影，目光都聚焦在渔夫身上。

终于走到一个钟鸣鼎食的大户人家，农人请渔夫进去，在堂前坐下来，奉上一杯香茶。不一会儿出来一位拄着拐杖的老人，虽然满头霜雪，却面红唇润，目光矍铄。

一番交谈后，渔夫才知道，这些人的祖先是在秦朝时避难来到这里的。老人说，他祖先刚来的时候，这里也是一方荒芜凋敝的穷山恶水，多少代人披荆斩棘，才开垦出泽被后世的良田美池。几百年来世世代代辛勤地劳作，才换来了丰衣足食的生活！

渔夫大吃一惊。因为他知道，秦朝早就灭亡了。秦以后是汉朝，汉以后是魏朝，魏以后是现在的晋朝，到如今晋朝都传了十几个皇帝。

老人也惊奇不已：大秦早就亡了？

渔夫把秦亡后五六百年间的历史事件，凭着自己的见闻讲了一遍。村里人却听得大惊。这几十年来战乱频发，民不聊生，渔夫提起自家饥寒交迫的窘况，不禁痛哭失声。村里人听到这里，都唏嘘不已。既同情渔夫的悲苦命运，也庆幸几百年来一直归隐桃源。

老人安慰渔夫不要过分哀戚，家人为他做好了一桌丰盛的菜肴。这里的人都很热情，家家户户都准备好美酒佳肴来款待渔夫。这样一连过了三天，渔夫过着富足的生活，但是他忽然想起家里的妻儿还饿着肚子，便下定决心走了。

村里人让他带上这里的锦衣美食，把他送到洞口。已经有人网住了满满一网鱼，放在溪水里，让渔夫带出去。

离别的时刻到来了，渔夫又对这世外桃源依恋不已。他环顾这一片山水田园，他知道，这辈子他都不会忘记这个梦境般美好的地方。

村里人谁都不肯出洞，就在洞口和渔夫作别。临走时老人又叮嘱渔夫：千万不能把这里的事情说出去。渔夫含着泪点点头，钻进了山洞。

渔夫从洞中出来，看到自己的小船还停泊在原地。他把那网鱼全倒进船舱里，又把小船拖到溪流中，摇起了双橹。再回头看一眼那个山洞，泪水顿时在眼眶里打转。想不到人间还有这样富足美好的家园！

小船顺水漂流，行驶得飞快，渔夫心中悲喜交集。喜的是想着回到家中妻子儿女见到这满满一舱鱼，见到他带回的锦衣美食，一定会兴高采烈；悲的是越往前行，自己离世外桃源就越远了……

南阳郡有一位隐士刘子骥，听说了这件事，对那个世外桃源非常神往，决心去探寻。但他还没有动身就得了重病，不久就去世了。以后再也没有人去寻访那个世外桃源了，桃源就这样缥缈在浮世之外，成了人们可望而不可即的千古幽梦。

陶渊明写完《桃花源记》，意犹未尽，又在草纸的后面写了一首诗。《桃花源记》讲述了一个曲折新奇的故事，而《桃花源诗》则是他用心灵开辟的一方净土，涤荡千古人。

赢氏乱天纪，贤者避其世。黄绮之商山，伊人亦云逝。

往迹浸复湮，来径遂芜废。相命肆农耕，日入从所憩。

桑竹垂馀荫，菽稷随时艺；春蚕收长丝，秋熟靡王税。

荒路暧交通，鸡犬互鸣吠。俎豆犹古法，衣裳无新制。

童孺纵行歌，班白欢游诣。草荣识节和，木衰知风厉。

虽无纪历志，四时自成岁。怡然有馀乐，于何劳智慧！

奇踪隐五百，一朝敞神界。淳薄既异源，旋复还幽蔽。

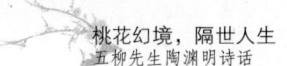
借问游方士，焉测尘嚣外。愿言蹑清风，高举寻吾契。

——陶渊明《桃花源诗》

秦王朝的苛政违背天命，圣贤们纷纷逃避当时的乱世。像夏黄公和绮里季这样的名士，人们还知道他们隐居到商山，而好多的老百姓无影无踪，没有人知道他们的消息。

他们的事迹早就湮灭在历史中，进山的道路也已经荒芜废弃。太阳出来，他们就相聚到农田里耕作，太阳落山就回家休息。

这个美好的世外桃源并不是天上掉下来的，而是隐居到此地的人们世世代代辛勤劳作的结果。

桑林竹林里浓荫匝地，块块良田里种满了谷物豆子。春蚕结茧后收取的长丝，可以纺织出锦绣衣裳；秋天收获的庄稼自己享用，不用向官府交纳赋税。

这里的人们都过着自给自足、富足康宁的生活，不用忍受贪官污吏的剥削压迫。崇山峻岭隔绝了外面的交通，只有里面的人能听得见鸡鸣犬吠。祭祀的仪式还是秦朝的古法，穿着的衣裳也延续着古老的样式。

儿童们蹦蹦跳跳放歌嬉戏，老人们悠闲自在四处游憩。春草繁茂的时节沐浴着暖日和风，人们在秋风萧瑟的日子里欣赏着枯叶落地。

桃花源里没有战乱纷争，也没有朝代更替，老有所养幼有所乐，大家都和平安宁地生活在一起。这正是孔子向往的大同社会，孟子心仪的王道乐土，也是陶渊明心中最美好的渴望。

历史匆匆而过，让人忘记了年份，四季枯荣，就是一年生命轮回。生命如此珍贵，那么就享受着美好的生活，何必伤神地算计每一天。

桃花源中的生活是平静安稳的，所有的人都只知道春种秋收，没有人去注意岁月的流逝。这里没有生的苦难，没有死的恐惧。平静美好，是无数人渴望的。

桃花源是生活的福地，更是心灵的净土，是无为而治的美好家园。这一方神奇的乐土，已经隐藏了五六百年。那里的淳朴风尚和世间的浮华情态，正好是"南辕北辙"。它虽然被渔夫偶然发现，但终究没有暴露，仍然隐藏在深山幽谷中，没有被官府侵害，是莫大的幸运。

这尘寰之外的美景，已难在崇山峻岭中寻找，只空留一帘梦境。历经千余年的人事变迁，桃花源在今天仍像一个童话那么清新、美好而浪漫。毛泽东的诗句"陶令不知何处去，桃花源里可耕田"，既表达了千百年来中国人民对梦寐以求的人间乐土的无限向往，更表达了把它变为现实的幸福田园的美好愿望和坚定信心。

晋宋易代之后，陶渊明希望自己的心灵能摆脱亡国亡君之苦，就幻想出一个无君无臣的理想社会，一个平等仁爱的乌托邦。桃花源就像一面镜子，以它和平富足的美好图景，洞见了那个时代战乱纷争、权力倾轧的黑暗现实；桃花源就像一支火炬，以它灿烂夺目的理想光辉，反照出那个世道充满剥削压迫的罪恶本质。

刘裕去世后不久，日渐强盛的北魏兴兵犯境，攻陷滑台。第二年，也就是公元四二三年正月，占领金墉城，四月又进攻虎牢。

司州刺史毛德祖领兵坚守虎牢二百多天，将士们昼夜苦战，魏军挖地道连通了虎牢城中的水井，将井水泄出。城中水源断绝，人马饥渴困乏。后来又流行起瘟疫，终于被魏军攻陷了城池。

虎牢陷落后，魏军长驱直入，占领许多郡县。到了十一月，又相继攻克许昌、汝阳，曾经刘裕北伐收复的失地，几乎全被北魏夺了回去。

大敌当前，外患堪忧，建康城里却在酝酿着一场内乱。大难临国，乱世更乱。宋少帝刘义符丧期未满，就狎玩宫女，荒淫无度。他在宫中白天骑马射箭，夜里歌舞升平，纵情享乐。徐羡之、傅亮、谢晦三人，深恐有负先帝刘裕的托付之恩，便私下商议要将这昏君废掉。

又一场乱世纷争，在桃花源外，拉开剧幕。陶渊明"生也艰难，死如之何"的哀叹已经远逝了，他的诗文却将世世代代流传，给千古人以一种精神的慰藉和鼓励。

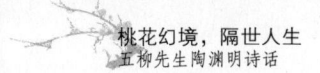
贫士：何以慰吾怀，赖古多此贤

凄厉岁云暮，拥褐曝前轩。

南圃无遗秀，枯条盈北园。

倾壶绝馀沥，窥灶不见烟。

诗书塞座外，日昃不遑研。

闲居非陈厄，窃有愠言见。

何以慰吾怀，赖古多此贤。

——陶渊明《咏贫士》

命运的旋涡里，任何人的力量都微乎其微。陶渊明像是那天空中的一朵孤云，随着风向漂泊着，不知道下一秒又会遇见什么。他没有告别苦难，这一次，他与挫折再度狭路相逢。

公元四二五年，灾难从天而降，一场历史上罕见的特大旱灾席卷荆江一带。田里的禾苗大半枯死，陶渊明望着枯干的禾苗，心也随之颓萎了。不久，一家人陷入了山穷水尽的赤贫境地。

那一天，西北风呼啸怒吼了一整天，陶渊明一直在被子里蜷缩着，直到吃晚饭的时候才起身。

一碗稀粥下肚，周身的血脉经络才感觉到些微暖意。不过，短暂的时间过后，他还是清醒地感受到寒冷和饥饿一点点地逆回侵袭。

黄昏时分，天边泛着微黄，像一个老迈者的目光，那光晕给人一种平静安宁的力量。狂风也渐渐歇止了，晚霞抚摸着天际。

陶渊明让儿子把自己扶到屋檐下的宽大胡床上，裹着被子，静静地看着夕阳。昏黄的光辉，映在他沧桑的脸颊上，映在他微张的双眸里，柔和而宁静。他静默地望着，时而嘴角扬起。他同那夕阳，仿佛是两位垂垂老者在宁静地互望，留给这世间人，一片宁静与祥和。

这暖阳，朝升夕落，转瞬就是一天。这人生，从出生到死亡，转眼就是一辈子。关于生命，有太多需要思考。

人活在这世界上，最难忍受的，是虚度光阴。所以，纵使贫苦困乏，也无可叹惋。经历些疲累和辛苦是无可厚非的，那汗水，那叹息，也是在证明真实地活过。

这一生，他所受的苦难，都为了深刻烙下生命的印记。陶渊明在苦难中遣词，时光难以定格，但他可以用另一种方式祭奠人生。

天空中那一朵孤云，像一个无家可归的游子，昏黄黯淡，充满了忧虑和愁苦……真庆幸，它没有被肆虐的狂风吹走。

清晨时分，林中的鸟儿是成群结队飞出去的，欢快地追寻自己的快乐，然而，现在却只有一只鸟儿疲倦地飞回。他仿佛觉得自己就像这只倦鸟，终生持守节操、遵循正道，最后却落到挨冻忍饥的困境。

他并不是后悔，贫苦的生活并不能使志士屈服。只是，心中还是有些落空，最苦的，或许是没有理解自己的知音……

冬日的田园，满目凄凉，南边的菜圃已无一片绿叶，北面的树林也只剩下枯干的枝条。几案上的酒壶，再也倒不出米酒来，那悠然酒香，原来是记忆里漾洄的味道。家中的柴草十分潮湿，做完晚饭后烧不起热水，炉灶上见不到一点火烟。诗书经卷塞满了书案，但等到天色已晚，他也无心去看。整个人都呆呆地，只能任着思绪肆意驰骋，穿梭古今。

恍然间，他不禁想起孔夫子被困于陈蔡之间绝粮染病的故事。那时，他的弟子们也多有怨言，自己又何必在意妻儿的絮叨呢？熬不下去时，多想

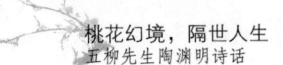

一想古往今来那么多贫穷困顿的圣贤，便也宽慰了心怀……

那个冬天，陶渊明写下了《咏贫士七首》，借古人自况，以前贤自勉，激励自己经受住最后的考验……

荣子期直到年迈还用草绳做腰带，仍然高高兴兴弹他的琴。原宪穿的草鞋掉了脚后跟，也丝毫不觉得窘困，依然高唱商歌表达自己的心声。

人心淳朴的尧舜时代已经非常遥远，贫寒达观的贤哲却历代有人。大概都像自己的境遇一样，穿的破衣襟盖不住胳膊肘，吃的野菜汤找不见碎米粒。

裘皮暖和，人人都懂得。为何没有趋之若鹜，只是因为不想取之不义。如果用不好的手段获得这些，也便不值得羡慕了。子贡曾经认为，原宪有病。孔子却说：学道不能行才是病，没有财富只是贫穷，不是病。

他还听说过这样一个故事。从前有一位贤士黄子廉，弹冠而出辅佐大邑名州。等他辞去官职归来的时候，依然两袖清风。

荒年里，妻子的絮叨令人揪心。陶渊明表面上装作听不见，却只能在暗夜里偷偷流泪。自己忍饥挨饿是为了气节，可儿女的生活实在令人担忧。

当年的黄子廉难道没有妻子儿女？他的朋友惠孙送去丰厚的馈赠，他并不接受。谁说"君子固穷"难以做到？历代前贤已经做出了榜样，他一次次地告诉自己，也决不能向贫困低头！

夜已经深了，西北风又呼啸而起，卷下纷纷扬扬的雪花。雪花落在厚厚的窗纸上，变为窗花，屋顶的茅草都垂下冰凌。

彻骨的寒冷让陶渊明无法入睡。他蜷缩在被窝里瑟瑟发抖，不由得想，现在要是有一些干草就好了，就是稻秸也行，铺在床榻上就暖和多了。不知雪地里还有没有可以采摘的野菜，妻子也许在发愁明天的早饭。贫寒疾苦，一次次地袭来，让人难以招架。

落到这步田地，令人担心忧虑的不仅仅是眼前的饥寒，更有内心深处的贫富交战。他想，如果自己被贫穷打败了，如果道义无法战胜欲念，才是最大的悲剧吧。于是他又悲观了一些，也许熬不过这个冬天了……幻想死后的情景，一定也是像现在这样，缩在这床破被子里……那个夜晚，陶渊明不止一次想到了死，想到了生的价值与死的意义……

春秋的黔娄能够安贫守贱，从来不肯接受高贵的爵位和丰厚的馈赠。他不由得感叹，黔娄该是有着多么坚毅而高尚的灵魂。

现在的陶渊明，提醒自己要振奋精神。要像黔娄一样，扛起那饥寒困扰。他想，只要过了这一关，还有什么事情可以难倒自己呢？

他用一声声慨叹，一簇簇灵魂的花火，碰撞出壮美诗篇。他咏出贫的高洁，咏出千古的悲叹。

此时，陶渊明更像是一位贫酸的老者，用诗歌温暖生活，激励内心。他的诗韵，宛若老木临风，嘶厉而久远。它带着一种朴拙、苍凉的美感，一直震撼着人们躁动不安的心，给人悲壮宁静的力量。

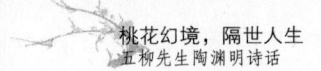
自祭：辞逆旅之馆，永归于本宅

岁惟丁卯，律中无射。天寒夜长，风气萧索，鸿雁于征，草木
黄落。陶子将辞逆旅之馆，永归于本宅。故人凄其相悲，同祖行于
今夕。羞以嘉蔬，荐以清酌。候颜已冥，聆音愈漠。呜呼哀哉！茫
茫大块，悠悠高旻，是生万物，余得为人。自余为人，逢运之贫，
箪瓢屡罄，絺绤冬陈。含欢谷汲，行歌负薪，翳翳柴门，事我宵
晨，春秋代谢，有务中园，载耘载耔，乃育乃繁。欣以素牍，和以
七弦。冬曝其日，夏濯其泉。勤靡余劳，心有常闲。乐天委分，以
至百年。惟此百年，夫人爱之，惧彼无成，愒日惜时。存为世珍，
殁亦见思。嗟我独迈，曾是异兹。宠非己荣，涅岂吾缁？捽兀穷
庐，酣饮赋诗。识运知命，畴能罔眷。余今斯化，可以无恨。寿涉
百龄，身慕肥遁，从老得终，奚所复恋！寒暑逾迈，亡既异存，外
姻晨来，良友宵奔，葬之中野，以安其魂。窅窅我行，萧萧墓门，
奢耻宋臣，俭笑王孙，廓兮已灭，慨焉已遐，不封不树，日月遂
过。匪贵前誉，孰重后歌？人生实难，死如之何？呜呼哀哉！

——陶渊明《自祭文》

夏去秋来，又是一年叶落时节。冷风带着瑟瑟的凄凉，黑夜被孤冷的
时光无限拉长。

花叶已经枯落，等待着下一个生命轮回。这花开花落，像极了人生，难免不使得年迈的陶渊明心生悲凉。

衰老和凋敝是生命最终的归宿。陶渊明的双腿完全失去了知觉，就像两根干枯了的树枝。他的脸色变得蜡黄，皮肤上爬满了人生疾苦和岁月沧桑的痕迹。时光销蚀了生命，他仿佛只剩下半个灵魂，去铭记人生最后一个落叶之秋的美景。

在一个秋风呼啸的清晨，大雁南飞，怆然几声悲啼之后便消失在天际。陶渊明忽然吐出一口血来，那液体的颜色暗红刺目，仿佛是生命最后的挣扎和叹息。

翟夫人用手帕帮他擦净猩红的嘴唇，他的嘴角浮现出一丝笑意。他知道，死亡已经来到他的身边，触手可及，他将走向另一个宁静世界。

面对死亡，他心中没有任何悲伤，在经尽了生命沧桑的轮转后，陶渊明已经彻底将尘世看淡。于是，他在人生里，真实地活着，躬耕田园，看朝露，看夕阳，望山林，听雨声……静静地，从心所欲，静待生命轮回。

在一阵阵的菊花香里，陶渊明闻到了越来越浓的死亡的气息。他眼望着篱笆墙，静静地等待着最后时刻的到来，也在心中想象着死后家人祭奠自己的情景。

他曾写下《拟挽歌辞》《与子俨等疏》，好像早就为自己写下了遗嘱。

乱世里，生命脆弱如枝叶，转瞬即逝。他对死亡并无恐惧，而是充满了神圣的期待。他为这一场生命的祭礼，等了太久。年复一年，岁月老去，他静静地感受衰老。时光带走了青春，却一年年地沉淀了厚重的生命记忆。

死亡，终归是来了，他有一种回家般的轻松感觉和舒畅心情，就像踏上归途的游子，他的灵魂，将走向亘古的宁静与永恒。这尘世里，他唯一挂心的，是与亲人的天人永隔，那将是至亲永远的伤痛。

死亡之后，他们会怎样洒泪祭奠自己？将由谁来为自己谱写祭文，又由谁来朗诵？他用仅剩的清明头脑思量着。

灵光乍现，他想到了一个绝妙的主意：既然在许久以前为自己写好了

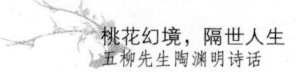

挽歌，那么在生命真的即将结束的时刻，为何不给自己写一篇祭文呢？生命逝去之后，亲友们读着自己写的祭文来祭奠哀悼自己。

想象那种情境，陶渊明不禁感叹，这真是一个绝妙的主意。

提起笔来，这一生的生命脉络清晰地在眼前浮现，和着这眼前凉秋美景，他便泼墨写来：

"岁惟丁卯，律中无射。天寒夜长，风气萧索，鸿雁于征，草木黄落。陶子将辞逆旅之馆，永归于本宅。故人凄其相悲，同祖行于今夕……"

在丁卯年九月，天气寒冷，黑夜漫长，秋风萧索，大雁南飞，草木枯黄萎落。陶老先生将要辞别人生旅途的最后一站，归于永恒……

亲朋好友凄怆悲哀，在一个神圣的野外为他祭奠送行。设置了供饭供菜，献上了清酒，眼看着面色已模糊暗淡，声音已越发低微。他们的牵挂和思念保护着他安然沉睡。

回顾自己这一生，特别是隐居田园后二十多年的生活，陶渊明觉得无愧无悔……

茫茫宇宙，朗朗乾坤，万事万物衍生变化，能够降生为人，实在是一件万幸之事。然而，命运乖舛，他的人生遭遇到贫困的命运，锅碗瓢盆总是空空如也，夏季的麻衣冬天还穿在身。皮肉虽然饱受疾苦，他却在清秀的田园山林中，生长出饱满清澈的灵魂。因为富足的灵魂，他才得以在乱世贫寒的生活里，寻找到最大的快乐。

他在山谷中自得其乐，背着柴火，一边走一边歌吟。清晨起来就打开柴门，忙个不停。临终想来，每一件琐事里都是满满的喜悦。

春天播种，秋天收获。在自家田园里辛勤地劳动，一次次锄草一次次培土，庄稼才生长得郁郁葱葱。轻风总是温柔相伴，细雨也常常送来温润的问候。生活虽然贫苦，他却把日子过得像诗一样。

他总是能在琐碎的生活里，寻找到快乐。有时快乐地捧起书，沉醉在幽幽上古岁月；或者悠闲地弹奏琴弦，弦音起，风随舞，虫鸟和着鸣唱；冬天里，他可以享受着和暖的阳光，他会铭记那种明艳的颜色，他会将那片温暖锁在心底; 夏天里, 它可以沐浴着清凉的山泉, 放声吟诗, 即兴抒怀……

勤奋劳作不遗余力, 心安理得自在悠闲, 乐从天道追随本分。就这样, 他度过了自己的余年, 他的人生就是如此简单。

他从不会心力交瘁地纠结于蝇头私利。只是一生平淡。

临终前的陶渊明, 病入膏肓, 家境贫寒至极, 生活困顿无比, 但他仍旧把归隐之后的田园生活描写得那么恬静安闲、其乐融融。不仅没有表现出丝毫的后悔, 而且没有丝毫的悲伤, 他照样以坚强的微笑面对所有的折磨和打击!

人生路将近终点, 一切荣辱皆归尘。短暂的一生, 人们都很珍惜, 害怕一事无成, 不肯放松光阴, 都希望活着能成为世上的珍宝, 死后也被人们长久地纪念。

陶渊明这一生特立独行, 走过的是不同寻常的路。外界的宠誉他从不挂心, 污浊的世道又能奈他如何?

当浮华乱世喧嚣尘上, 他孤独地坚守节操, 在自家的茅屋草庐里饮酒赋诗, 活得有滋有味。因为看透了利欲功名, 所以无所留恋, 一生毫无遗憾。

对于生命的长度, 他没有任何过分的渴盼。他在该来时, 走进了乱世, 走进了人生。在历尽沧桑后, 平静地离开。

纵使长命百岁, 他也只想隐居在田园。如今平平安安地寿终正寝, 还有什么值得抱怨?

官场仕途, 是他曾经的向往, 而真正地走进去, 领略过后, 他才听清了内心的呼声。他疯狂地渴望逃离, 渴望自由不羁的人生。命运辗转, 他终于选择了归隐田园的农耕生活, 纵使历尽贫寒困苦, 都是他心灵的依托与归宿。就这样, 他一生持守正直的品格和高尚的气节, 清清白白、堂堂正正地为生命而活。

就如同冬去春来, 寒暑更替, 生与死也将平静地交接, 那是自然有序的轮回。生命无憾, 心自安然。他继续想象着, 死后亲朋好友安葬祭奠的情

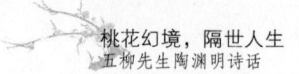

景……

那一定是件隆重精彩的事情，可惜，他却永远不可能看见，只能在头脑中自己玩味揣度。

斯人已逝。陶渊明的死讯，四散传开，像一场冷风，扫荡过亲友耳畔。亲友都来奔丧，外地的亲戚清晨才赶到，本乡的好友半夜就奔来。

人们将陶渊明埋葬在野外，他将永久与那南山的山石花草同眠。南山的墓地里将永远安息着他的灵魂。他将投向一个宁静的自然，安详地沉睡，寂静，永生。

他还联想到，棺椁被众人抬着，一步一步地走向墓地。他知道已经到了自己的墓门，但他觉得丧葬过于奢侈，想想春秋时桓魋的石棺遭人耻笑，他宁肯节俭一点。

终于回归到空虚寂灭，世间从此消失了踪影。他不奢望活着的人如何隆重地祭奠他、挂念他。而是希望他们加倍珍惜自己的光阴，莫要空度人生岁月。

既不看重生前的虚誉，又怎会在意死后的浮名？人生的确是艰难啊，死难道不是一件好事？

在后半生里，他一直思考着生死，以顺应的态度对待生，以自然旷达的心情对待死，不为死亡的到来而忧虑，也不为死后的未知而困惑，这就是陶渊明的生死观。

贫穷和病痛终于不能再折磨他了，他终于可以长久地安息了……

陶渊明双眼微闭，平静地躺在床榻上，仿佛睡着了。

王朝还在更迭，纷争仍在继续，他却宁静地走向了历史。他的魂，散落在他的诗词里，永远地，固守清风明月。

后　记

岁月沧桑，辗转流淌过千年，透过历史云烟，我依旧沉迷那一个悠然宁静的世界。

那些鸟鸣、云雾、森林、紫花地丁、秋菊、岩石、泉流、瀑布、明月、晨曦和黄蝴蝶，缱绻在心中，化成一缕清幽梦境。

陶渊明，他是滚滚历史中的沧海一粟，却用诗词为千秋后世人锁住了一片不染尘埃的美景。任那乱世风烟翻滚，任那人心离乱纷争，他仍然固守本心，用诗情画意记录那些田园之中自然的美景。写晨曦雾霭中浮动的绿色，写悠然而自在的水流。

宁静是一种神圣的力量。陶渊明的诗句，总是带给人沉静的力量，如徐徐微风一般的柔软感动。

一只嗡嗡的蜜蜂，惹人流下一汪感动的热泪，一枝甜美芬芳的菊花，醉了他苍茫人生。搁笔向远望去，淡青色的南山之下，有一位翩然君子，把酒临风，在历史的幽幽一隅，吟咏着："采菊东篱下，悠然见南山……"

最后要说的是，写作期间，以下各位老师做了大量的协助创作和查证工作，他们是：何春燕、焦阳、王伟华、卢东杰、武秀红、张志强、徐霖、郗祥倩、冯娟、王卉、庞乃美、高曼、李妍、张舒雅、袁芳、徐晶等。不能在封面上为其一一署名，在此表示真挚地感谢。

图书在版编目（CIP）数据

桃花幻境，隔世人生：五柳先生陶渊明诗话／姜海
燕著.—哈尔滨：哈尔滨出版社，2014.2
（走近古典品人生系列）
ISBN 978-7-5484-1596-1

Ⅰ．①桃…　Ⅱ．①姜…　Ⅲ．①陶渊明（365~427）-
诗歌研究　Ⅳ．①I207.22

中国版本图书馆CIP数据核字（2013）第240926号

书　　名：桃花幻境，隔世人生：五柳先生陶渊明诗话

作　　者：姜海燕 著
责任编辑：邢万军　张　杰
责任审校：李　战
装帧设计：上尚装帧设计

出版发行：哈尔滨出版社（Harbin Publishing House）
社　　址：哈尔滨市松北区科技一街349号3号楼　　邮编：150028
经　　销：全国新华书店
印　　刷：哈尔滨市石桥印务有限公司
网　　址：www.hrbcbs.com　　www.mifengniao.com
E－mail：hrbcbs@yeah.net
编辑版权热线：（0451）87900272　87900273
邮购热线：4006900345（0451）87900345　或登录蜜蜂鸟网站购买
销售热线：（0451）87900201　87900202　87900203

开　　本：787mm×1092mm　　1/16　　印张：11.75　　字数：157千字
版　　次：2014年2月第1版
印　　次：2015年4月第2次印刷
书　　号：ISBN 978-7-5484-1596-1
定　　价：28.00元

凡购本社图书发现印装错误，请与本社印制部联系调换。　服务热线：（0451）87900278
本社法律顾问：黑龙江佳鹏律师事务所

更多精彩内容，敬请关注

走近唐诗品人生系列

走近古典品人生系列

走近宋词品人生系列